청춘,
일타

청춘일타

사실은, 출근하지 말고 떠났어야 했다

글 · 사진 **남규현** Kyo H Nam

홍익출판사

Concrete Jungle

아침에 눈을 뜨면 어제와 똑같은 오늘이었다.
익숙한 공간, 익숙한 건물, 익숙한 사람들…
늘 반복되는 일상 속에 조금은 안주하고,
또 조금은 특별한 내일을 바라면서, 그렇게 하루가 끝나곤 했다.

이곳에선 내 감정은 숨기고 남들의 시선에 나를 맞춰야 할 때가 많다.
너무도 길들여진 도시의 삶 속에 시야는 좁아진다.
그저 누군가 만들어놓은 틀 안에서 발버둥을 치며 살아간다.

커피는 한 잔의 여유가 아닌
피로와 스트레스를 해소하기 위한 음료.
차가운 콘크리트 건물은
사람들의 조용한 전쟁터.

이 세계에서 오래되고 낡은 것들은 빠르게 버림받는다.
그리고 비어버린 자리에는 그보다 빠르게
더 휘황하고 새로운 것들이 들어찬다.
이곳은 콘크리트 정글이다.

그렇기에 나는 이 여행을 준비한 것인지 모른다.

스스로를 치유하기 위해.
전혀 익숙하지 않은 경험을 하기 위해.
그리고 이곳으로부터 탈출하기 위해.

내게 주어진 시간은 짧지만 긴 50일.
찾고 싶은 답을 찾지 못할 수도 있다.
설렘도 있지만 두려움 또한 공존한다.

하지만 이 여행을 통해 내가 잊고 있었던,
어쩌면 더 소중한 것들을 가슴에 담아 돌아올 수 있다면….

혼자만의 50일간 내가 닿은 자연 속에서
사진과 영상으로 기록한 느낌을 이제 모두와 나누고 싶다.

보기 좋은 사진과 영상을 보여주기 위함이 아닌
지금의 나와 같이 지쳐 있는 사람들의 영혼에 작은 영감과 꿈을 보태기 위해.
자신의 마음이 시키는 방향으로 한 걸음 내딛는 데
살짝 등을 떠밀어주는 바람이 되길 바라면서.

그렇기에 어쩌면
이건 나 혼자만의 여행이 아닐지 모른다.

Hello!

Starbucks

1 **Day 1** 노스캐롤라이나 주 샬럿

2 **Day 4** 빅 벤드 국립공원
3 **Day 6** 칼즈배드 캐번 국립공원
4 **Day 7** 메사 버드 국립공원
5 **Day 8** 거니슨 블랙 캐니언 국립공원
6 **Day 9** 로키 마운틴 국립공원

7 **Day 11** 아치스 국립공원
8 **Day 12** 캐니언랜드 국립공원
9 **Day 13** 캐피톨 리프 국립공원
10 **Day 14** 자이온 국립공원
11 **Day 15** 데스 밸리 국립공원

12 **Day 17** 뮤어 우즈 국립기념지
13 **Day 19** 피너클스 국립공원
14 **Day 20** 세쿼이아 국립공원
15 **Day 22** 요세미티 국립공원
16 **Day 24** 래슨 볼캐닉 국립공원

17 **Day 25** 레드우드 국립공원
18 **Day 26** 크레이터 레이크 국립공원
19 **Day 28** 올림픽 국립공원
20 **Day 29** 시애틀 스타벅스
21 **Day 30** 노스 캐스케이드 국립공원

22 **Day 32** 글레이셔 국립공원
23 **Day 34** 옐로스톤 국립공원
24 **Day 36** 빅혼 캐니언 국립휴양지
25 **Day 37** 윈드 케이브 국립공원
26 **Day 39** 배드랜드 국립공원

27 **Day 40** 시어도어 루스벨트 국립공원
28 **Day 43** 미네소타 동물원
29 **Day 44** 시카고
30 **Day 47** 볼티모어
31 **Day 49** 리치먼드

contents

Day 1 / 뭔가가 시작됐다!   012

Day 2 / 단 하루 만에 세상과 멀어지고 있다   015

Day 3 / 느낄 수 있다는 게 얼마만일까   018

Day 4 / 드디어 빅 벤드 국립공원에 도착   022

Day 5 / 세상의 많은 짓들 중에 가장 재미있는 짓은   032

Day 6 / 땅 속 지하 세계로 떠나다!   037

Day 7 / 전에는 세상에 맞춰 나를 움직였지만   044

Day 8 / 모험의 불안을 줄이는 방법   054

Day 9 / 예상 따위는 비웃듯 흘러가는 여행   058

Day 10 / 다시 길을 달리기 위해 쉼표가 필요해   066

Day 11 / 계획이라는 녀석에게 반항하기로   068

Day 12 / 지금 이 순간 느끼고 있는 자연의 모든 것   078

Day 13 / 흥분과 위험, 사랑에 나를 바칠 기회를 원해   084

Day 14 / 퍼뜩 정신이 들었다   091

Day 15 / 대단히 공허하고, 대단히 광대한 땅   100

Day 16 / 그녀와 헤어지고 2년 후, 또 한 번의 일탈   108

Day 17 / 샌프란시스코에 가면 어디를 봐야 할까   110

Day 18 / "어?! 뭐지 이 맛은?!"   114

Day 19 / 잠자는 숲속의 공주가 눈앞에 나타날 것 같아   120

Day 20 / 흐린 날씨에 감히 신의 영역으로 출발!   125

Day 21 / 누구나 다 하는 사랑 이야기   131

Day 22 / 컴퓨터의 배경화면이 된 곳에 와 있다니   134

Day 23 / 좋아하지 않으면 절대 할 수 없는 일   140

Day 24 / 공원의 문은 닫혔지만 자연의 문은 열려 있어   146

Day 25 / 불어오는 바람 속으로 손을 내밀다   152

Day 26 / 캘리포니아를 벗어나 오리건 주로　　　　　　160

Day 27 / 요정이 될 수도 있고 벌레가 될 수도 있어　　　166

Day 28 / 붉은 석양의 잔상이 진하게 남은 하늘 아래　　168

Day 29 / 시애틀 스타벅스에서 만끽한 탕진의 재미　　174

Day 30 / 가슴이 꽉 차 목이 메는 기분이야　　　　　　180

Day 31 / 어떤 삶을 살고 싶은지 알게 된 순간　　　　186

Day 32 / 역시 아름다운 장소에 빠질 수 없는 것　　　190

Day 33 / 우연일까? 운명일까?　　　　　　　　　　196

Day 34 / 언제 어디서 어떤 놀라움을 맞게 될지　　　202

Day 35 / 이젠 모른다는 것이 두렵지 않아　　　　　208

Day 36 / 신대륙을 발견한 콜럼버스가 이런 느낌이었을까　212

Day 37 / 진짜 멋진 사람을 알아보는 눈　　　　　　220

Day 38 / 여유와 힐링을 찾고 싶어　　　　　　　　226

Day 39 / 나는 왜 혼자일까　　　　　　　　　　　230

Day 40 / 모닥불 지피는 조난자 로빈슨 크루소처럼　　236

Day 41 / 마지막 국립공원을 가로지르며　　　　　　244

Day 42 / 도망치고 싶었던 건 나 자신이었기에　　　248

Day 43 / 인간 사회라는 철창 안에 갇힌 존재　　　　250

Day 44 / 알고 있니? 우리의 지금 이 시간은 낭비가 아니야　255

Day 45 / 다음 여행이 이미 시작되고 있어!　　　　　259

Day 46 / 도시의 삶 속에 작은 숨구멍이 될 거야　　264

Day 47 / 여정의 길이는 'km'로 따지지 않는다　　　266

Day 48 / 폭풍우가 지나고 무지개가 뜰 때까지　　　269

Day 49 / 혼자 떠나 비로소 알게 된 것　　　　　　272

Day 50 / 여행은 끝났어. 그리고…　　　　　　　　274

Day 1

오늘 아침은 뭔가 특별한 느낌이 들어.
모든 게 그대로인 풍경 속에, 짐이 가득해진 차와
떠날 채비를 하는 한 사람만이 어제와 다르단 걸
지금 이 도시의 그 누구도 알 수 없겠지.

50DAYS.ME.ALONE
INTO THE NATURE

출발

여행 첫날의 아침은 여느 때와 다를 게 없었다. 나 자신도, 주변 풍경도 매일 보는 모습 그대로다. 달라진 거라고는 텅 비어 있던 차에 짐이 가득하단 것과 13년 넘게 살아온 이곳을 한동안 비운다는 사실뿐. 하지만 이 도시의 그 누구도 알 리가 없는 달라짐이었다.

50일 동안 홀로 미국의 자연을 찾아다니는 로드 트립(장거리 자동차 여행) 일정 중, 내가 향한 첫 번째 자연은 텍사스 주의 빅 벤드 국립공원(Big Bend National Park)이다. 지금 살고 있는 노스캐롤라이나 주 샬럿에서 약 2500킬로미터 떨어진, 23시간을 운전해야 도착할 수 있는 엄청나게 먼 곳이다. 하루 운전 시간은 7~8시간 정도로 정해두었기 때문에 3일 동안 주야장천 길을 달려야 했다.

단순하게 시작되다

첫날 종착지는 테네시 주의 멤피스였다. 하루 종일 운전을 하니 허리와 어깨가 뻐근하고 눈은 쾡하고 약간의 두통이 있었다.

숙소를 알아볼까도 했는데 이미 밤 11시를 넘긴 시각이라 잠만
자려고 돈을 쓴다는 게 아까웠다. 결국 늦은 밤 안전해 보이는
어느 편의점 앞에 주차를 하고 차 뒤편에서 잠을 청했다.

온종일 운전만 했던 아주 단순한 시간이었지만 뭔가 시작됐
다는 신호탄을 쏘아 올린 기분이었다.

Day 2

지금 내 눈앞에 보이는 것은
누워서 손을 뻗으면 닿는 낮은 회색의 천장…
아니, 자동차 지붕이야.

"돌아갈 다리를 불태우라.
그 불이 당신의 길을 비춰줄 것이다."

— 딜런 맥케이

세상과 조금씩 멀어지다

'어, 오늘은 천장이 다르네?'

매일 아침 눈을 뜨면 5분 정도 멍하니 하얀 천장과 멈춘 지 오래인 작은 실링팬을 바라보는 게 하루의 시작이었다.

하지만 지금 눈앞에 보이는 것은 누워서 손을 뻗으면 닿는 낮은 회색의 천장… 아니 자동차 지붕이다. 차창 밖엔 출근 중인 아주 평범한 차림의 회사원들이 보였다. 바로 그저께까지도 나 역시 저 중 한 명이었는데. 지금 나는 기능성 티셔츠와 바지를 입고 있다. 그러고 보니 '1일 1샤워'를 신조로 여기는 내가, 전날엔 씻지도 않고 잠을 잤다.

단 하루 만에 내가 살던 세상과 조금씩 멀어지고 있단 걸 느낀다.

변화

10시간 정도 길 위를 달려 어느덧 텍사스 안이었다. 오늘의 종착역인 댈러스에 거의 다 와가고 있었다. 미국 동부에서 시작된 여행은 36시간 만에 미국 대륙의 중남부에 이르렀다.

　출발할 때 보였던 많은 나무들은 중부에 들어서면서부터 서
서히　넓은 들판으로 바뀌어갔다. 약간의 습도가 느껴졌던 공
기와 초록 풀 내음도, 건조하면서 따뜻한 냄새로 바뀌었다. 모
든 감각이 변화를 알렸다.

Day 3

느낄 수 있다는 게 얼마만일까?
햇살의 부드러움 속에 손을 내밀어 느껴지는
온도가 참 좋다.

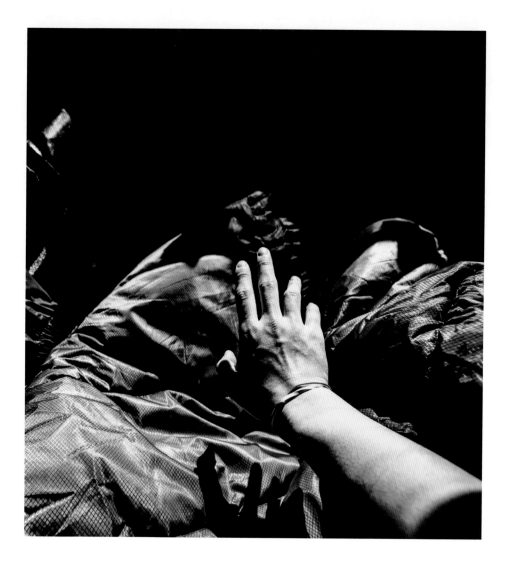

50DAYS.ME.ALONE
INTO THE NATURE

"지금 있는 곳을 떠나기란 정말 힘들다.
떠날 때까지는."

— 존 그린*

굿바이 불면증

셋째 날 아침, 정신이 맑고 상쾌했다. 편하고 넓은 침대에서
도 늘 수많은 생각들로 뒤척거리며 잠들기 힘들어 하던 나였는
데… 이 좁은 차 안 뒷좌석 얇은 슬리핑 패드에서 그 어느 때
보다 깊은 잠을 자고 일어났다. 차 유리로 슬며시 들어오는 햇
살에서 따스함이 느껴진다. 느낄 수 있다는 게 얼마만일까? 햇
살의 부드러움 속에 손을 내밀어 느껴지는 온도가 참 좋다.

멈추는 자유

내일이면 드디어 첫 번째 자연에 도착한다는 기대를 잔뜩 품
고 길 위를 달렸다. 얼마나 됐을까? 나와 같이 질주하던 트럭과 자
동차들이 하나둘 시야에서 사라졌다. 자동차 유리 너머 풍경은
점점 서부영화에서나 나올 법한 모습으로 빠르게 달라지고 있었
다. 그때부터였을 것이다. 운전이 참 재미있다란 생각이 든 게….
로드 트립이라는 달콤한 사과를 한입 베어 문 느낌이랄까? 차 안
에 틀어놓은 음악 또한 창 밖 풍경과 환상적으로 맞아떨어졌다.

◉ 노보 아모르Novo Amor의 앨범 〈Woodgate, NY-EP〉

---

* 《종이 도시》, 바람의아이들, 2010.

　길을 달리던 중 차를 멈추고 싶었다. 지난 이틀 동안 차를 세운 건 화장실 가거나 식사를 할 때뿐이었다. 아무 이유 없이, 그것도 어딘지 모르는 길 한복판에 차를 멈춘다는 건 이전의 나로서는 있을 수 없는 일이었다. 하지만 지금은 그저 차를 세우고 들판의 모습을 집중해서 보고 싶었다. 순간의 선택이었다. 길 중간에 멈춰 이리저리 주변 풍경을 바라보며 여유작작한 시간을 보냈다.

　　그때 알았다. 지금은 내가 멈추고 싶을 때 멈추고, 가고 싶을
때 갈 수 있다는 것을. 어떤 누구도 나를 제재하고 막을 수 없
다는 것을. 적어도 이 50일의 시간 동안 나에게 진짜 자유가 주
어졌다는 것을….
　　그렇게 도시에서 자연으로 다가가기 시작했다.

Day 4

드디어 빅 벤드 국립공원에 도착하기 직전이야.
쓸쓸할 것 같았던 혼자만의 외로움은
극히 작은 부분에 불과했어.

"혼자 떠나는 사람은 오늘 시작할 수 있다.
다른 사람과 함께 가는 사람은
그가 준비될 때까지 기다려야 한다."

– 헨리 데이비드 소로

황량한 벌판 한가운데

마지막으로 사람의 모습이 보인 건 1시간 전이었다. 길 위에
다른 차들은 보이지 않았다. 혼자 달리는 순간은 처음이라, 가
던 길에 사진 한 장을 남기고 싶어 차를 세웠다. 지나가는 차는
20분에 한 대가 있을까 말까 했다. 그걸 뚜렷하게 기억하는 이
유는 내가 사진에 집중해 있을 때 지나가던 차가 다가와 무슨
문제가 있냐고 물어봐 주었기 때문이다.

여기서 잠깐! 텍사스 주 외곽 지역에서 운전할 때는 꼭 연료
와 차 상태를 체크해야 한다. 워낙에 땅이 커서 중심지를 벗어
난 외곽 지역에는 인적이 드물고, 주유소 또한 20~30분 달려
야 나오는 경우가 있기 때문이다. 연료가 차에 1/3만 남아 있어
도 안심해서는 안 되는 곳이다.

그렇기에 내 경우 누가 봐도 차에 문제가 있어 세운 것처럼
보였을 것이다. 단지 사진을 찍고 있단 걸 알고 친절한 운전자
분은 웃으며 떠났다. 처음에는 낯선 차 한 대가 다가와 조금 겁
을 먹기도 했지만 영화 〈텍사스 전기톱 학살〉 같은 일은 일어
나지 않았다.

23

나에겐 특별한 패스가 있다

드디어 빅 벤드 국립공원에 도착했다. 미국 안의 모든 국립 공원은 시설과 규모 그리고 볼거리에 따라 15~30달러(2~4만 원) 사이의 입장료를 받는다. 나는 여행을 준비하면서 단돈 80달러(약 9만 원)에 모든 국립공원을 이용할 수 있는 패스 카드가 있단 걸 알게 되었다. 'America the Beautiful Passes(미국 그 아름다움 패스)'. 손발이 오그라들게 만드는 이름의 이 카드는 미국의 국립공원 협회에서 제공하는 1년 시즌 패스이다. 나처럼 미국 국립공원들을 여행할 계획이라면 꼭 챙겨야 할 필수 아이템인 셈이다.

빅 벤드 국립공원에 들어가면서 '과연 이 시즌 패스가 통할까?' 하는 심정으로 카드와 신분증을 조심스럽게 공원 직원에게 내밀었다. 이를 받아 들고 5초도 되지 않아 공원 직원이 내게 하는 짧은 말 한마디.

"빅 벤드 국립공원에 오신 걸 환영합니다!"

"어…그래요. 하하."

공원 안으로 들어와 처음 한 일은 들어올 때 받은 지도를 펼쳐 보는 것이었다. 이미 통신사 시그널은 몇 시간 전부터 사라진 상태였다. 내비게이션 앱을 사용하는 나에게 휴대전화가 무용지물이라니(많은 국립공원 지역에서 휴대전화는 소용없어지는 경우가 허다하다). 어쩔 수 없이 한 장의 공원 지도에 나의 몸을 맡길 수밖에 없었다.

종이 지도가 어색해 한참을 바라만 보다가, 문득 스스로의 모습에 슬쩍 웃음이 났다.

사람의 모습이 보이지 않는 이 뜨겁고 황량한 땅 한가운데, 지도 한 장을 손에 쥔 채 미간에 약간의 주름이 잡힌 얼굴로 지도를 바라보는 남자…. 영화에나 나올 법한 이 순간의 주인공이 나라니, 조금 멋지지 않은가? 하고 말이다.

물론, 누군가 내 옆에서 그 모습을 바라보고 있었다면 참으로 처량하고 한심하다 할 거다. 하지만 여기에 그런 누군가는 없는데 무슨 상관이랴! 이곳에서만큼은 누가 나를 어떻게 생각할지 눈치는 그만 보고 싶었다. 그것만으로 너무 자유로웠다.

파크 스탬프

지도를 보며 입구에서 안내소까지 가는 데 30분 정도가 걸렸다. 공원이 거대하다는 게 실감이 났다. 안내소에 도착해 파크 레인저(Park Ranger, 공원 경비원)에게 공원 정보를 듣다가, '파크 스탬프(Park Stamp)'를 알게 됐다. 공원들마다 대표 문구

와 문양이 새겨진 도장이 있다는 것이다.

지인들에게 깜짝 선물로 보낼 엽서 뒷면에 그 도장을 찍어
보낸다면 좀 더 독특하고 의미 있는 선물이 될 것 같았다. 다시
차로 돌아가 짐 가방 속에 넣어둔 인쇄용 엽서를 꺼내 왔다.

공원 도장을 찍으며, 이 카드를 받게 될 사람들의 표정 속에
작은 미소가 번지는 상상을 했다.

여행이 끝날 때까지 방문한 공원 도장 찍기는 계속되었다.

리오 그란데 강이 흐르는 보퀼라스 캐니언

안내소를 나와 리오 그란데(Rio Grande) 강이 흐르는 보퀼라스 캐니언(Boquillas Canyon)으로 향할 준비를 했다. 슬리퍼를 등산화로 갈아 신고, 허리에 벨트 가방을 착용하고, 등 뒤에 카메라 가방을 메고, 등산용 지팡이를 들고 트레일을 걷는다.

미국 최하단에 위치한 만큼, 빅 벤드의 날씨는 뜨거웠다. 3월 초, 여름이 오기 훨씬 전이었지만 한 걸음 두 걸음 내디딜수록 땀이 쏟아져 내렸다. 무슨 용기였을까? 카메라가 담긴 4킬로그램이 넘는 가방을 짊어지고 울퉁불퉁한 언덕길을 오르내릴

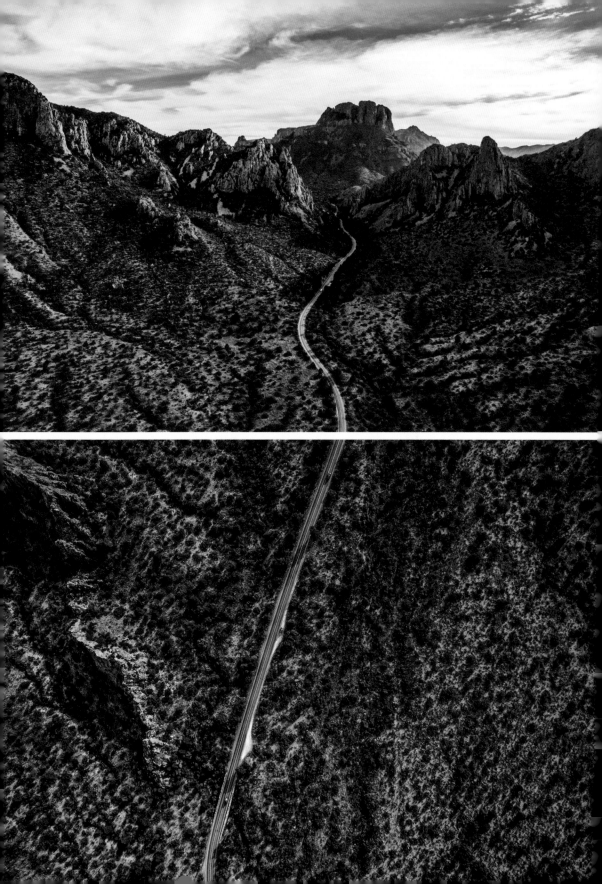

생각을 하다니…. 출발할 때 물병을 깜빡 잊고 챙기지도 않았다.

걷기 시작한 지 15분도 채 안 돼 숨은 가빠졌다. 그러면서도 눈앞에 보이는 자연의 웅장한 모습에 입을 다물 수 없었다. 물론 숨이 차 입을 다물지 못한 이유도 있지만…. 30분 정도 트레일을 걷다 보니 드디어 리오 그란데 강과 보퀼라스 캐니언이 나타났다.

리오 그란데 강은 미국과 멕시코 땅 사이로 흐르며, 두 나라의 국경선이기도 하다. 지금 이 강 너머가 바로 멕시코라는 게 신기했다. 가방을 내려놓고 보퀼라스 협곡을 감상했다. 거대하고 불그스름한 암벽에 듬성듬성 나 있는 이름 모를 풀들, 그리고 그 아래로 시원하게 흐르는 리오 그란데의 강물. 30분 동안 숨을 헐떡이며 걸은 보람이 있었다. 물의 깊이는 대략 허리 높이 정도일 것 같았고 그리 깊어 보이지 않았다. 순간적으로 강을 넘어가 사진을 담고 싶었지만 함부로 그러지 못했다. 반대편 땅은 내가 지금 딛고 있는 땅과는 다른 나라다. 혹시라도 안 좋은 사태가 일어날 수 있다. 일단 신발과 양말을 벗고 강물에 발을 담갔다. 강 중앙까지 걸어 나가 이곳의 느낌을 두 눈과 두 발로 전해 받았다. 처음으로 '압도당한다'는 표현을 실감한 순간이었다.

빅 벤드의 심장, 치소스 분지

3시간 정도를 보퀼라스 협곡에서 보내고, 차에 돌아오자마자 물 한 병을 벌컥벌컥 마셨다. 하마터면 탈수증에 걸릴 뻔했다. 흠뻑 목을 축인 뒤에야 빅 벤드 국립공원의 심장인 치소스

50DAYS.ME.ALONE
INTO THE NATURE

분지(Chisos Basin)로 차머리를 돌렸다.

치소스 분지로 들어서는 순간부터 공원 안의 다른 길과 다르
단 것을 느꼈다. 길고 평탄했던 길이 꼬불꼬불 가파른 산길로
순식간에 달라졌고, 영화 〈반지의 제왕〉에 나올 법한 풍경만 보
였다. 치소스 산 정상을 넘어서니, 울룩불룩 솟아나 있는 산 중
앙에 작은 오두막집 하나가 있었다. 숨겨진 요새 같은 이곳의
이름은 치소스 마운틴 롯지(Chisos Mountain Lodge). 오두막에
도착하니 오후 6시가 넘었다. 하늘의 태양도 스멀스멀 산맥 뒤
편으로 지고 있었다. 그때 찾아온 불청객. 꼬르륵!!

"아, 맞다…. 오늘 한 끼도 못 먹었지…."

하루에 너무나도 많은 감정과 아름다운 자연들을 지나오느
라 밥 생각은 아예 잊고 있었다. 순간 급격하게 허기가 졌다. 서
둘러 차 안에서 코펠과 버너를 꺼내, 라면과 즉석 밥 그리고
3분 카레를 데웠다. 음식은 만찬 같았으며, 눈앞에 노을 지는
치소스 산맥의 모습은 여느 고급 식당의 뷰 못지않았다.

아직 50일 중에 4일이 지났다. 섣불리 판단하고 결정짓기는
이르지만, 쓸쓸할 것 같았던 혼자만의 외로움은 극히 작은 부분
에 불과했다. 작은 차 안에 누워 오늘 하루의 모든 순간들이 진
짜라는 것에 행복과 감사를 느끼며 자연 속으로 대탈주의 첫날
밤을 맞았다.

Day 5

세상의 많은 짓들 중에 가장 재미있는 짓은 미친 짓이라는 게
무슨 말인지 알게 되는 순간이 있어.
바로 오늘처럼 말이야.

굿바이 빅 벤드

50일의 여행 일정상 한 장소에 오래 머물 수가 없다. 로드 트립은 땅 위로 독보적인 이동수단(자동차)을 이용해 자신이 가고 싶은 장소를 자유롭게 쏘다닐 수 있다는 장점이 있지만, 그만큼 많은 시간을 운전에 집중해야 한다는 단점도 있다.

아침 산책을 마무리한 뒤 차에 올라타 치소스 산을 느긋하게 내려갔다. 온 길을 다시 되돌아가는 루트였지만 느껴지는 온도와 공기의 냄새, 자연의 모습은 어제 오후와는 전혀 다른 산뜻함이 있었다. 방대한 빅 벤드 공원을 가로지르며, 두 번째 자연, 뉴멕시코 주에 위치한 칼즈배드 캐번 국립공원(Carlsbad Caverns National Park)을 향했다.

미쳤다! 재미있다!

빅 벤드에서 칼즈배드 공원까지는 5시간 정도가 걸린다. 이동 중간에 과달루페 마운틴 국립공원(Guadalupe Mountains National Park)을 잠시 들리기로 했다. 과달루페 산으로 향하는 사람은 오직 나뿐이었다. 일직선으로 쭉 이어진 길을 홀로

50DAYS.ME.ALONE
INTO THE NATURE

달리다, 지평선 너머로 과달루페 산의 모습이 보이는 곳에 차를 세웠다.

정말 질렸다 싶을 만큼, 이 정도면 됐다 싶을 만큼, 멀리 보이는 산을 바라보고 또 바라보았다. 소리도 크게 질러보고 도로 위에서 덩실덩실 춤도 춰가며 온몸으로 내가 느끼는 감정을 땅과 하늘, 멀리 보이는 산, 자연에게 표출했다.

미친 사람처럼 말이다.

미친 것 같다. 아니… 난 미쳤다. 그리고 계속 미치고 싶었다.

세상의 많은 짓들 중에 가장 재미있는 게 미친 짓이라는 말을 이해하게 되는 순간이었다.

2시간 가까이 길 한가운데에서 시간을 보낸 후 과달루페 마운틴 국립공원에 들어간 시각은 오후 5시가 조금 넘었다. 너무 늦게 도착한 탓에 안내소의 문은 굳게 닫혀 있었다.

모텔에서의 하룻밤

칼즈배드 공원 근처에는 몇 개의 작은 모텔들이 있다. 매일 차 안에서 생활하는 것에 큰 불편함은 없었지만 기록과 짐을 정리해야 했기에 처음으로 숙소를 잡기로 했다.

허름해 보이는 2층짜리 건물의 모텔에, 주차돼 있는 차는 세 대뿐. 모텔 사무실로 들어가니 중년 여성이 프런트 데스크에 앉아서 텔레비전을 보고 있었다.

"하룻밤 묵으시려고요?"

중년 여성이 조금 미소를 띠며 묻는다.

"네. 하룻밤만 묵으려고 합니다. 얼마인가요?"

"어디 보자… 혼자이신가요?"

"네."

데스크 앞 컴퓨터의 키보드를 느릿느릿 누르며 나를 힐끔 보던 그녀 왈.

"하룻밤에 90달러예요."

"90달러요?!"

이런 허름하고 무너질 것 같은 장소가 90달러(10만 원 정도)라니. 말도 안 되는 가격이었지만 깎아달라는 실랑이를 할 기운도 없었다. 알겠다고 하고 키를 받아 방으로 갔다.

방은 의외로 깨끗했다. 킹 사이즈 침대, 텔레비전, 책상, 소파, 화장실이 있었다. 차 안에서 중요한 짐들만 방으로 옮겨놓고 바로 샤워를 했다. 3일 만이었다. 이젠 내 정식이 된 즉석 밥과 카레, 라면으로 저녁식사를 한 뒤 그동안 찍은 사진과 영상을 외장하드에 안전하게 저장했다. 이를 편집하는 작업까지 마치고 나서야 잠자리에 들 수 있었다.

침대야… 오랜만이다.

Day 6

어쩌면 내가 그동안 바라본 수많은 아름다운 것들은
어둠이 있기에 빛나는 게 아닐까,
그런 생각이 들어.

"여행은 선입견과 완고함,
그리고 편협함에 치명적이다."
― 마크 트웨인

칼즈배드 동굴

칼즈배드 캐번 국립공원은 거대 지하 동굴이 있는 것으로 유명하다. 유네스코 세계 자연유산에 지정될 만큼 이곳 자연의 가치는 뛰어나다.

칼즈배드 동굴은 오전 8시 반부터 입장이 가능했고, 자유롭게 다닐 수 있는 지역이 있는가 하면, 투어를 신청해 공원 관리원의 안내를 받아야 들어갈 수 있는 지역이 있었다. 나는 좀 더 동굴 깊은 곳에 들어가 보고 싶어서 안내소에 투어를 신청했다 (10달러 정도의 비용을 내야 함).

드디어 동굴로의 입장이 시작되었다. 들어가는 방법은 두 가지가 있었는데, 동굴 중심부로 빠르게 이동하는 엘리베이터를 타는 방법과 두 발로 30분 동안 걸어 내려가는 방법이었다. 처음부터 난 걸어갈 생각이었다.

아래로 향하는 길

입구부터 동굴의 거대함이 느껴졌다. 지그재그 형식의 길이 동굴 안으로 이어져 있었다. 아래로, 아래로 내려가다가 어느

순간 뒤를 돌아보니 빛은 완전히 사라지고 오직 동굴에 설치된 인공조명만 남은 상태였다.

"이 동굴… 진짜 거대하다…."

내려간 지 10분도 안 돼 탄성이 흘렀다.

동굴이 조금씩 더 넓어지기 시작했다. 동굴 중심부, '빅 룸(Big Room)'이라 일컫는 공간이다. 빅 룸은 지하 227미터에 위치해 있고, 규모는 길이 1200미터, 너비 188미터, 높이 86미터에 달한다. 쉽게 말해 미식축구장의 크기를 뛰어넘는다. 이런 큰 규모의 동굴이 몇 천 몇 만 년이라는 시간 동안 '자연적으로' 만들어져온 것이다. 그 안에 수없이 많은 형태의 돌들이 하나의 작품처럼 자리를 잡고 있는 모습도 경이로웠다.

어둠이 두렵지 않다

투어 시작 10분 전쯤 되자 스무 명 정도의 사람들이 한 장소에 모여들었다. 공원 관리인의 가이드는 1시간이 조금 넘게 진행되었다. 투어가 끝날 무렵 사람들을 멈춰 세운 관리인이 말했다.

"여러분, 지금부터 1분간 이 장소의 모든 조명을 끄겠습니다. 그러니 몸에 지닌 물건 중 빛을 내는 물건이 있다면 꺼주세요."

사람들은 관리인의 말에 따라 사용하던 카메라와 작은 손전등을 끄기 시작했고 최종적으로 관리인의 카운트다운 끝에 조명이 꺼졌다.

"셋! 둘! 하나!"

덜컹!!

빛이 사라지자 동굴 안에는 암흑이 가득했다.

내 몸에 달린 손조차 보이지 않는 어둠이었다. 아름다운 동굴의 모습은 사라지고 엄청난 공포가 엄습했다. 스무 명이 넘는 사람들의 숨소리만이 서늘하게 들렸다. 그때 작은 불빛 하나가 켜졌다.

공원 관리인이 작은 라이터에 불을 지핀 것이었다. 그 순간 그 작고 미세한 라이터 불빛을 중심으로 동굴 안이 다시 드러났다. 아까 보았던 모습들이 라이터 빛에 반사되자 묘한 분위기가 형성되면서 인공조명이 있을 때보다 더 아름다워 보였다.

그때 이런 생각이 들었다.

어쩌면 세상의 기초는 우리가 배척해온 어둠이지 않을까란 생각. 내가 그동안 바라본 수많은 아름다운 것들, 나를 포함한 모든 사람들과 생명체… 어쩌면 우리는 빛에 비치는 어둠들을 아름답다 말하는 것일 수 있다. 그러자 두렵다고 생각했던 어둠이 더 이상 두렵지 않게 느껴지기 시작했다.

Day 7

전에는 세상에 맞춰 나를 움직이고 있었지만
지금은 나를 중심으로 세상이 움직이고 있어.

여름 날씨가 하루 만에 가을 날씨로 바뀌었다. 붉은 모래와 넓은 대지만 가득하던 풍경은 콜로라도 안쪽으로 들어오면서 산이 가득해졌다. 이틀 전에는 사막 한가운데를 누비고, 전날엔 깊은 동굴을 탐험하고, 지금은 눈 덮인 산들이 보이니, 마치 이상한 나라의 앨리스가 된 것 같은 기분이다.

메사 버드 국립공원

콜로라도 주의 첫 행선지, 메사 버드 국립공원(Mesa Verde National Park)은 오래전 인디언들의 유적지이다. 정확히 어떤 이유로 인디언들이 이곳에 집을 짓고 살았는지는 아직 미스터리로 남아 있다. 메사 버드 공원의 성수기 방문자수는 최대 3천 명에 이르지만, 비수기일 경우 50명 정도뿐이라 한다.

내가 메사 버드를 방문한 시기는 비수기였다. 또한 이 시기에는 유적지 안으로 들어가는 것을 금지하고 있었다. 아쉽게나마 중요 유적지인 '스프루스 트리 하우스(Spruce Tree House)'를 외곽 지역에서 감상한 뒤 차를 타고 공원 구석구석을 달리기로 마음먹었다. 선선한 바람이 불어오는 맑은 날씨였다. 세 번 정도 가던 길을 멈추고 차에서 내려 메사 버드의 멋진 자연을 사진으로 담았다.

드넓은 공원에는 내 휘파람 소리와 자동차 엔진의 소리만이 잔잔하게 울려 퍼졌다. 그렇게 큰 사건 사고 없이 평탄한 날을 보내고 있어 다행이라는 생각이 드는 순간, 눈앞에 '놈'이 나타났다.

야생 코요테와의 만남

슬렁슬렁 가고 있던 차는 메사 버드 길 한가운데 우뚝 섰다. 이미 2시간 전부터 다른 여행객들의 모습은 보지 못했기에 이곳에 사람은 오직 나뿐이란 것을 알았다. 갑작스러운 야생 코요테와의 만남으로 휘파람 소리 또한 멎었다. 갑작스러운 건 코요테 입장에서도 마찬가지였다. 비수기의 공원을 자유롭게 거닐던 터에, 수상한 녀석이 뜬금없이 나타난 것이다. 당황한 표정을 지으며 코요테의 발걸음도 얼음이 된 상태였다.

열 발자국 거리. 시간이 멈춘 듯 나는 코요테를, 코요테는 나를 바라보며 서로의 눈빛을 교차했다. 직감적으로 나의 팔은 조심스럽게 옆 좌석에 둔 카메라를 향했다. 카메라가 손에 쥐어지자 손가락은 빠르게 셔터를 누른다. 순간 나를 진지하게 바라봐주던 코요테가 고개를 돌리며 길을 벗어나려 했다. 야생 코요테는 마치 '너도 날 구경거리로 생각하는구나'라고 말하는 것 같았다.

짜릿한 만남을 망친 기분이었다.

소개팅에 나가 퇴짜를 맞고 나서 한 번 더 기회를 달라고 애원하듯, 나는 숲으로 들어간 코요테가 시야에서 사라지기 전까지 졸졸 뒤따라갔다. 어느 순간 코요테의 모습은 보이지 않았다. 멋진 우연을 망가트린 나를 자책했다.

이번 여행에서 사진을 찍는 건 중요한 부분 중 하나다. 하지만

더 중요한 건 진짜 자연과 교감하는 것이다. 그게 여행을 시작한 이유였다. 그런데 오늘 내 욕심으로 깜짝 만남이 너무도 허무하게 끝나버렸다. 계속해서 야생 코요테가 뒤돌아 서기 전의 표정이 눈에 선했다. 그리고 그 짧은 만남으로 난 다시 한 번 여행의 목적과 이유를 가슴에 되새겼다.

운치 있는 밤, 세상의 중심이 되다

국립공원 대부분이 엄청난 규모이다 보니 공원 중심부에서 나가는 출구까지 1시간은 기본이다. 어차피 시간도 늦었기에 공원 안에서 저녁 식사를 하기로 했다. 저 멀리 작은 마을이 보이는 메사 버드 언덕에 차를 세웠다. 부랴부랴 헤드랜턴을 머리에 매고 식재료와 도구들을 꺼내 요리했다.

멀리 보이는 마을 가로등에서 초롱초롱 빛이 새어 나왔다. 하늘의 별들도 잠에서 깬 듯 조금씩 밤하늘을 채우기 시작했다. 어느 순간 저기 보이는 세상과, 지금 내가 서 있는 세상이 딴 세상처럼 느껴졌다.

식사를 마무리하고 나니 밤이 깊었다. 출발하기 전 잠시 하늘이나 감상해 볼까 하는 마음으로 머리 위에 켜놓았던 전등을 끄고 고개를 들었다. 나는 잊지 못한다. 하늘을 바라보는 순간, 수천수만 개의 별들이 나를 주시하고 있던 기억을….

반짝이는 별들에 대한 예의로, 인공조명은 끌 수밖에 없었다. 시간이 갈수록 내 눈은 별빛을 더 선명하게 받아들였다. 이날 밤 우주는 나를 중심으로 돌아가고 있었다.

50DAYS.ME.ALONE
INTO THE NATURE

Day 8

내가 하는 행동에 확신과 의지를 가지고
자연의 문을 정중히 두드리면
자연은 절대 나를 위험에 빠트리지 않아.

거니슨 블랙 캐니언의 자연

메사 버드 다음으로 간 자연은 콜로라도 주에 위치한 거니슨 블랙 캐니언 국립공원(Black Canyon of the Gunnison National Park)이었다. 안내소에 들어가 물어보니 지금 시즌은 공원이 문을 닫은 상태라 했다. 아차, 싶었다. 솔직히 공원으로 오면서도 이 길이 맞나 싶을 정도로 도로가 썰렁해 불안감이 들긴 했다. 다행히 안내소 주변 트레일은 걸어갈 수 있게 열어둬서 거니슨 블랙 캐니언의 자연을 만나볼 수 있었다.

뽀드득뽀드득 눈 밟히는 소리를 들으며 15분 정도 걷고 나니 절벽 끝에 다다랐다. 거니슨 블랙 캐니언의 검붉은 암벽 사이로 거니슨 강이 흐르고, 주변 숲에는 하얀 눈들이 빼곡하게 쌓여 있다. 아름다운 장관을 바라보는 것만으로 오랫동안 막혀 있던 가슴이 뻥 뚫리는 기분이었다.

원초적 행동

사람들이 만들어놓은 루트를 따라 도착했지만, 조금 더 가까이 거니슨의 자연에 다가가고 싶었다. '어떻게 하면 좋을까…'

맴돌기만 하는 생각과는 반대로 내 몸은 이미 트레일을 벗어나 절벽을 오르기 시작한다. 참으로 위험하고 아찔한 행동임을 알면서도 조심조심 올라가 절벽 끝자락에 자리를 잡고 앉았다.

어림잡아 건물 10층 정도 높이였다. 너무나도 위험했던 행동이지만 그때의 난 자연의 부름에 이끌렸다. 그 순간 인간으로서 할 수 있는 원초적인 행동을 한 것이라고 느낀다. 자신이 하는 행동에 확신과 의지를 가지고 자연의 문을 정중히 두드리면 자연은 절대 나를 위험에 빠트리지 않는다.

절벽 위에서 나는 누구도 경험하지 못한 자연을 포식하고 있었다.

Day 9

여행은 그런 거야.
어떤 예상도 할 수 없는, 예상대로 흘러가지 않는.
그런데도 마냥 웃음이 나는.

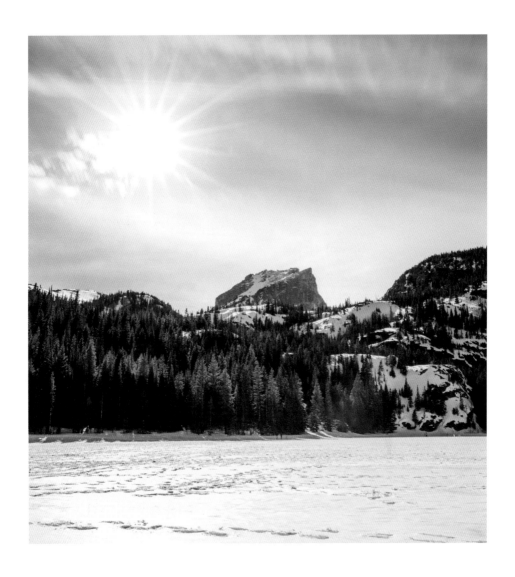

"아무도 과거로 다시 돌아가 새로 시작할 수는 없지만,
누구나 오늘 시작해 새로운 결말을 만들 수는 있다."

– 마리아 로빈슨

기다리고 기다렸던 로키 산맥의 자연

오래전 인터넷 검색을 하다가 어떤 기사를 보고 홀딱 반한 곳이 있다. 콜로라도 주에서 마지막으로 찾아가고 있는 자연, 로키 마운틴 국립공원(Rocky Mountain National Park)이었다.

방문 전 닥치는 대로 로키 마운틴 국립공원에 관한 정보와 사진을 찾아다녔고, 내 기대는 그 어느 때보다 높았다. 그런데 로키 산맥 입장 후, 나는 상상하던 것과는 사뭇 다른 모습에 마주쳐야 했다.

겨울 추위에 절반 이상의 트레일이 문을 닫았다. 열려 있는 트레일조차도 대부분 하얀 눈으로 뒤덮여 있었다. 제대로 된 로키 산맥의 모습을 볼 수 있는 시기가 아니었던 것이다. 사진으로 봐오던, 초록 잔디에 계곡물이 졸졸 흐르는, 투명하고 맑은 호수에 산맥이 거울처럼 비치는, 그 로키는 보이지 않았다.

그래서 별로였냐고? 아니다. 눈 덮인 로키 산맥은 나름대로 멋졌다. 단지 오랜 시간 품은 기대에 메인 채로 여기 온 내가 문제였다. 나를 실망시킨 건 자연이 아니라 나 스스로였다. 하지만 그것도 잠시뿐. 로키의 산길을 오르면서 세계에서 가장 유명한 산의 모습에 탄성이 터져나올 수밖에 없었다.

산에서 길을 잃다

길을 잃었다. 한참을 로키산의 절경을 즐기다 눈 위에 나 있는 발자취를 따라 내려가고 있었는데, 갑자기 발자국은 사라지고 허벅지까지 눈이 들어찼다. 고개를 들어 주위를 둘러보니 눈밭과 나무들만 사방에 가득했다. 왼쪽을 봐도 오른쪽을 봐도 똑같았다. 휴대전화 배터리가 4퍼센트뿐이다. 지도 앱을 여는 순간 전화의 전원은 꺼지게 되어 있다. 식은땀이 났다.

"여보세요!! 거기 아무도 없어요?!"

큰 소리로 외쳐 봐도 아무런 대답도 들려오지 않았다. 도대체 난 지금 어디인 것인가…. 날이 더 어두워지기 전에 왔던 길을 되돌아갔다. 희망을 가지고 계속 오르다 보니 사람들의 발자국이 보였다. 그 흔적을 따라 다시 길을 내려왔지만, 또 아까의 장소다. 점점 불안해졌다. 또 원래 장소로 되돌아가 눈에 불을 켜고 찬찬히 둘러봤다.

'사람들의 흔적을 찾아야 한다!'

마침내 아까는 보이지 않던 길 하나가 눈에 띄었다. 헤매기 10분 전쯤에 길이 나누어지는 부분이 있었다. 그쪽으로 내려가니 하산 중이던 두 사람이 비로소 보인다. 겨우 안도의 한숨을 내쉬었다. 살았다….

놀라운 만남과 로맨틱한 사건

2시간 정도 길을 헤매고 차에 도착하자 온몸의 기운이 빠졌다. 여기 더 있을 힘이 없었다. 공원을 나가던 중, 마지막으로 로키 산맥의 풍경을 찍고자 길옆 주차장에 차를 세웠다. 먼저 주차돼 있던 앞차의 지붕 위에서 커플로 보이는 남녀가 산맥을 바라보고 있다. 그 모습이 너무 로맨틱해 보여 두 사람에게 다가가 촬영 허락을 구했다.

그런데 사진을 찍으려는 순간 남자가 다소 기쁘고 설레는 표정으로 내 쪽으로 당차게 걸어왔다. 그리고 소곤소곤 말을 걸었다.

"오늘 밤에 그녀에게 프러포즈를 할 계획이었는데, 혹시 지금 내가 프러포즈를 하면 사진을 찍어줄 수 있겠니?"

"오… 물론! 영상도 만들어줄게."

그와 눈빛을 교환하고 그녀가 들을 수 있게 큰 소리로 외쳤다.

"아, 이런! 카메라 렌즈를 갈아야 하는 걸 잊었네!"

여자는 여전히 차 위에서 산을 바라봤고 남자는 재빠르게 차 문을 열어 반지를 꺼내 주머니에 넣었다. 카메라를 들고 로키 산맥과 두 사람의 모습이 잘 보이게 구도를 잡은 뒤 신호를 기다리는 남자에게 눈으로 큐 사인을 주었다.

그리고 시작된 프러포즈.

"알렉사, 오랫동안 이 순간을 기다려왔어. 난 살면서 많은 실수를 해. 물론 너를 만나고 실수한 적도 있어. 하지만 널 만나게 된 게 절대 실수가 아니란 걸 알았어. 알렉사, 나랑 결혼해주겠니?"

여자의 표정에는 어쩔 줄 모르는 수줍음과 벅찬 감동이 일렁였다. 그리고 여자가 말했다.

"좋아."

두 사람은 껴안고 키스를 했고 나는 그 모습을 찍으며 너무 기뻤다. 불과 20분 전만 해도 산에서 길을 잃고 피로와 짜증이 가득했는데, 충동적으로 멈춘 장소에서 운명적으로 이 두 사람을 만나게 되어 삶의 중요한 순간을 담아주고 있었다. 너무 고맙다며 사례를 하겠다는 데이비드와 알렉사에게 말했다.

"이렇게 멋진 순간을 만들어준 것만으로 이미 너희는 나에게 넘치게 사례한 거야! 그러니 그러지 마."

우리는 연락처를 교환했고 그때부터 연락을 하며 지낸다. 그리고 두 사람은 2017년 결혼식을 앞두고 있다. 나는 그들의 결혼식을 촬영해줄 예정이다.

만약에 내가 길을 잃지 않았다면?

충동적으로 차를 세우지 않았다면?

사진을 찍어도 되냐는 질문을 하지 않았다면?

영화 같은 오늘의 사건은 일어나지 않았을 것이다.

그들을 만나고 나서 다시 가슴이 뜨거워졌다. 처음에는 기대했던 공원의 예상지 못한 모습에 나 스스로 실망을 하고, 산에서 길을 잃다가, 오히려 그것이 행운의 열쇠가 되어 평생 인연의 사람들을 만나는 놀라운 일을 경험한다는 것. 이 얼마나 짜릿한 일인지….

여행은 그런 거다. 어떤 예상도 할 수 없고 예상이란 걸 하는 이가 있다면 그를 비웃듯 예상 밖으로 흘러가는 의외의 이야기. 그렇기에 어제보다 오늘의, 오늘보다 내일의 이야기가 나는 더 기대된다.

여행을 시작한 지 10일.
다시 길을 달리기 위해 오늘은 쉼표가 필요해.

"행복하게 여행하려면 가볍게 여행해야 한다."

– 앙투안 드 생텍쥐페리

휴식 그리고 빨래

오늘 하루는 움직이지 않고 휴식을 가지며 기록한 사진과 영상을 편집하기로 했다. 모바일로 예약을 하고 찾아간 숙소는 생각 이상으로 좋았다. 칼즈배드 지역에서 머물던 숙소보다 훨씬 좋았다. 심지어 숙박료도 더 싸다.

숙소에 짐을 풀고 첫 번째로 한 일은 빨래였다. 10일 동안 입었던 옷들이 한 바가지다. 조금씩 땀이 스민 옷 때문에 차 안에서 쉰내가 스멀스멀 올라온 지 오래였다. 대부분의 호텔 안에는 투숙객들이 개인 빨래를 할 수 있는 빨래방이 있다.

'윙~ 윙~' 세탁기가 돌아가는 동안 나는 방으로 돌아와 카메라 청소와 짐 정리를 했다. 쉬는 게 쉬는 게 아니었지만 소꿉놀이마냥 재미있었다. 카메라 청소가 끝날 때쯤 빨래방으로 갔다. 물에 푹 젖은 빨래를 꺼내 건조기에 옮겨놓았다. 호텔을 나와 근처 음식점에서 마음에 드는 메뉴를 테이크아웃했다. 빨래방으로 돌아오니 건조가 다 돼 있었다. 옷가지를 들고 방으로 돌아와 밥을 먹으며 빨래를 개는 시간을 가졌다.

빨래 끝!

뭐지, 이 뿌듯함은….

계획이라는 녀석에게 반항하기로 마음먹었어.
본능에 따라 아치스의 자연 깊숙이 들어가니
그제야 발걸음이 가벼워지기 시작했어.

"헷갈릴 땐, 무조건 '변화'를 택하라."

– 릴리 렁

솔직히 유타 여행은 큰 기대를 하지 않았다. 그냥 스쳐가는 정도로 생각한 곳이었다. 역시나 자연 앞에 내 예상과 계획은 빗나갔고, 유타와 아치스 국립공원(Arches National Park)에 들어서면서 충격적으로 아름다운 자연과 마주했다.

아치스! 날 감동시킨 자연

아치스 국립공원에 입장할 때부터 심장이 두근거리기 시작했다. 입구에서부터 보이는 돌탑과 암벽의 모습은 마치 누군가 조각이라도 해놓은 것 같았다. 수만 년 전부터 우연을 거듭하여 만들어져왔다고 하기에는 이해가 안 될 만큼 너무나 정교했다. 인간이 모방할 수조차 없는 규모로, 신이 빚어 만든 듯한 하나의 예술. 나에게 아치스의 첫 느낌은 그러했다.

공원에 들어오면 바로 안내소가 위치해 있다. 나는 입장하자마자 큰 감동을 받아, 안내소 주변에서만 2시간 넘게 입구 풍경을 바라보았다.

원래는 아치스에서 반나절을 보내고 다음 자연으로 이동할 계획이었으나 어쩌랴, 일단 걱정은 잊자. 나는 당장 이 자연과 가까워지고 싶었다.

어느 중년 부부와의 만남

이제는 가던 길에 차를 세우는 일에 능숙하다. 이번에도 자연의 모습에 반하여 도로 옆 비포장 길에 차를 멈췄다. 카메라와 삼각대를 준비하던 도중, 다른 차 한 대가 곁에 멈춰 서더니 중년 남성과 여성이 내렸다. 한눈에도 여행 중인 부부로 보이는 이들은 나에게 다가와 말을 걸었다.

"너무 멋진 것 같군요, 아치스는."

"그렇죠? 저도 이곳 입구에서 2시간 동안 암석들을 바라보고 있었어요."

그렇게 시작된 중년 부부와의 대화는 어디서 왔는지, 어디를 갈 건지, 왜 왔는지 등 꼬리를 무는 질문과 대답으로 이어졌다.

두 사람은 아일랜드에서 여행 온 부부로, 시간이 날 때마다 같이 여행을 한다고 한다. 미국 여행은 이번이 두 번째라고 했다. 부부는 자신의 옆집에 영화배우 리암 니슨의 부모님이 산다고 하면서 자주 리암 니슨을 본다는 신기한 얘기를 해주었다. 나의 여행기에도 큰 관심을 보이며 아일랜드에 여행 오면 연락하란다. 또 잠잘 곳은 걱정 말라며, 언제가 될지 모르는 재회를 기약하곤 떠났다. 그들의 모습에서 나이 들면 이렇게 살고 싶다는 생각이 들 만큼 감명을 받았다. 그리고 나 역시 사랑하는 사람과 이곳에 오고 싶다고 생각했다. 간절해진 소망을 마음 깊숙한 곳에 접어두고, 이내 다시 나의 길을 달렸다.

계획에 반항하다

'코트하우스 타워스(Courthouse Towers)', 미술작품 같은 바윗돌에 둘러싸인 이곳은 마치 고대 경기장 안에 선 기분을 들게 한다. 아치스에 깊이 들어갈수록 자연의 모습은 아름다움을 뛰어넘어 고귀하기까지 했다. 내 두 눈과 피부로 받아들인 자연을 글로도 사진으로도 오롯이 전달할 방법이 없다. 도저히….

정신없이 아치스의 자연을 느끼다 오후 4시가 넘어갈 때쯤에야 조금 걱정이 되었다. 계획대로라면 해가 저물기 전 다음 장소로 이동해야 하는데 내 마음은 아치스에 푹 빠져 있으니. 여기서 더 많은 시간을 보내고 싶은데 어떡해야 할지….

생각할 시간은 없었다. 고민하는 시간 자체가 아치스의 자연에 실례가 되는 일이었다. 나는 계획과 질서라는 녀석에게 반항을 하기로 마음먹었다. 계획을 무시하고 본능에 따라 아치스에 더 깊숙이 들어가면서 그제야 발걸음이 가벼워졌다.

오늘 밤은 아치스에서 보낸다!

이번에는 바퀴가 아닌 내 두 발로 아치스의 모래를 밟으며 좁은 암벽 사이를 파고들었다. 아슬아슬하면서도 교묘하게 서 있는 돌탑과 바위들. 지금까지 이렇게 뚜렷한 인상을 남기는 자연은 아치스가 처음이었다. 돌 사이를 한참 동안 서성이다 해가 저물었다. 세워놓은 계획이 이미 꼬여버렸기에 다음 계획은 없었다. 단지 아직도 아치스에서 더 많은 시간을 보내고 싶을 뿐이었다.

손전등을 켜고 공원 지도에서 가장 가까운 캠핑장을 찾아보았다. 국립공원 안에는 캠핑장들이 있다. 각 공원의 인기도와 시기에 따라 다르지만 거의 반년 전부터 예약해야 할 만큼 유명한 공원의 캠핑 명당 확보는 어렵다. 아치스는 현재 성수기 초입이다. 하지만 나는 오늘 아치스에서 하룻밤을 보내야 한다! 아니, 보낼 것이다!

운이 따라준다!

자동차 라이트에 의지해 더듬더듬 길을 찾던 중, 아치스 캠핑장의 표지판이 보였다. 그 아래 희미하게 보이는 글자.
「Camping Site -full-(캠핑지 꽉 찼음!)」
역시나…. 지금 이 시기에 당연한 얘기였다. 뒤돌아갈까 하다가 어쩌다 캠핑장 안으로 들어와버렸다. 그런데 비쩍 마른 체형에 연세가 있어 보이고, 수염이 수북한 남성 한 분이 관리소에서 나오고 있었다. 잠시 정차해 그분에게 말을 걸었다. 그는 캠핑장 관리인이었다.
"안녕하세요. 혹시 캠핑장에 남은 공간이 있나요?"
관리인 아저씨는 나를 잠시 쳐다보고는 대답했다.
"캠핑장 필요해요?"
"네."
"얼마나 있게?"
"오늘 하룻밤만 묵을 수 있을까요?"
"몇 명이 왔는데?"
"저 혼자예요."

관리인 아저씨의 왼쪽 눈썹이 미세하게 올라갔다. 그분이 뭔가 대책이 있다는 표정으로 나에게 말한다.

"오늘 예약한 여행객 중 한 팀이 예약을 취소한 것 같은데, 아직은 100퍼센트 확정 지을 수가 없네…. 내 예감상 안 올 것 같기는 한데…. 어떻게, 그거라도 괜찮겠나?"

질문이 끝나기도 전에 난 세차게 고개를 끄덕끄덕거렸고, 관리인 아저씨는 수염이 덥수룩하기까지 해 마치 구원의 손길을 내미는 성자처럼 보였다.

"그런데 원래 이러면 안 되는 거라, 기본요금보다 조금 더 받아야 할 것 같은데…? 한 20불?"

보통 캠핑 비용은 8~15달러(9000원~1만 7000원 정도)였지만 아치스에서 멋진 밤을 보낼 수 있다면 20달러(2만 3000원 정도) 그 이상도 아깝지 않았다. 지폐를 꺼내 들고 관리인 아저씨에게 "오케이!"를 외쳤다.

캠핑장 이용 동의서를 작성한 내게 관리인 아저씨는 캠프 지정 번호를 알려주면서 속삭였다.

"오늘 운 엄청 좋은 거요. 지금 당신이 캠핑할 장소가 아주 명당이거든."

실제로 나의 캠핑 장소는 명당 중의 명당이었다. 어두운 밤하늘 아래 달빛에 그늘져 보이는 아치스의 미세한 풍경과, 하늘에 빛나는 말도 안 될 정도로 수많은 별들에 입이 딱 벌어졌다. 관리인 아저씨는 이 장소가 아치스 캠핑장 중에 아침 해 뜨는 장면을 가장 잘 볼 수 있는 곳이라고 언질하며 나에게 윙크를 해줬다. 하지만 그 윙크에도 내일 아침 목격하게 될 태양을 나는 전혀 짐작하지 못했다.

Day 12

지금 걷고 보고 느끼고 있는 자연의 모든 것이
예전에 그토록 빛나 보였던 많은 것들보다 눈부셔.

아치스 캠핑장에서의 날이 밝아오고 있었다. 한 사람 겨우 누울 수 있는 1인용 텐트 안으로 차갑지만 상쾌한 아침 공기가 스며들면서 눈이 떠졌다. 침낭 속에 누운 상태로 팔을 뻗어 텐트 지퍼를 열었다. 전날 밤 어두워서 잘 보이지 않던 아치스의 풍경이 뚜렷하게 보였다. 아직 해가 뜨기 직전인지 저 멀리 보이는 지평선 위로 노릇 불긋한 하늘의 색이 조금씩 진해지고 있었다. 경이로웠다.

온 세상이 황금빛으로 물들다

텐트를 나오니 명확하게 주변 모습이 눈에 들어왔다. 해가 곧 뜰 걸 예감한 나는 조금 더 걸어나갔다. 거대한 돌 언덕을 오르고 나서야 걸음을 멈췄다. 드디어 해가 뜬다. 아치스의 붉은 땅, 조각 같은 암벽 너머로 태양이 모습을 드러내면서 온 세상이 황금빛으로 물들기 시작했다.

태양이 내 몸 전체를 비추고, 그 빛은 마음 깊숙한 그늘진 구석까지 하나하나 어루만졌다. 인생 통틀어 최고로 멋진 아침을 맞이하는 이 순간, 내 육체와 정신이 이 자리에 있다는 것에 소름이 돋았다.

모든 빛나던 것들보다 눈부신

뜨거운 아침을 맞이하고 나서 다시 짐을 챙겨 아치스의 땅을
걸었다. 걸을 수 있다는 것 자체에 감사했다. 내가 가진 것에 감
사한다는 생각을 이렇게 진정성 있게 느낀 건 처음이었다.

두 다리와 두 눈 그리고 손과 귀, 입과 코… 태어날 때부터

지녔기에 당연하게 여겨왔던 모든 것에 감사했다.

　돈, 명예, 출세, 인지도같이 나한테 없는 것들을 갈구하며 내가 가진 소중한 것들을 얼마나 박대해왔던가. 지금 이 순간 걷고, 보고, 느끼는 모든 것이, 지난 시절 그토록 원했던 빛나는 모든 것들보다 지금 내게는 훨씬 눈부셨다.

안녕 아치스, 안녕 캐니언랜드

믿어지지 않았지만 아치스와도 이별할 시간이 왔다. 캐니언랜드 국립공원(Canyonlands National Park)은 아치스에서 멀지 않은 곳에 위치해 있어, 1시간가량 달리니 오후 2시가 될 무렵 도착할 수 있었다.

캐니언랜드는 아치스와 비슷한 분위기인 것 같지만 확실하게 다른 모습이었다. 아치스는 넓은 대지에 돌탑과 돌다리들이 밀집된 한 부분을 집중해서 바라보는 곳이었다면, 캐니언랜드는 고지에서 드넓은 자연을 전체적으로 바라보는 곳이었다.

캐니언랜드에 도착 후 셰이퍼 캐니언(Shafer Canyon)을 거쳐 그린 리버 오버룩(Green River Overlook)으로 들어갔다. 거대한 유화 그림처럼, 내가 서 있는 땅 아래로 또 다른 대지가 있고 그 대지 아래로 강이 흐르는 땅이 자리했다. 어떤 말로 내가 느낀 것을 설명할 수 있을까? 거대함? 아름다움? 놀라움? 존귀함? 우아함? 여행을 계속해갈수록 자연에서 전해 받은 느낌을 함부로 표현할 자신이 없어진다.

50DAYS.ME.ALONE
INTO THE NATURE

Day 13

중요한 것은 얼마나 보느냐가 아닌, 얼마나 느끼느냐.
아무런 사전 지식 없이 자연과 마주할 때
오히려 자연은 더 값진 것을 선물했다.

"내 존재의 방식이 평탄하길 바라지 않는다.
나는 흥분과 위험,
그리고 사랑을 위해 나를 바칠 기회를 원한다."

– 레오 톨스토이

유타에 들어서면서부터 자연의 가치를 배운다. 뜬금없이 어릴 적 길가 아무 데나 버린 쓰레기가 생각나고 양치질할 때 무심코 틀어놓은 물도 생각나고… 이전에 아무렇지도 않게 낭비하고 행동했던 일들이 자연 속에서 생활해보니 전부 다 미안해진다.

'꼭'이란 단어는 내 여행에 존재하지 않았다

오늘 만나는 자연은 유타 주의 캐피톨 리프 국립공원(Capitol Reef National Park)이란 곳이다. 어느 순간부터 그 어떤 정보도 찾아보지 않고 공원을 향하고 있었다. 이번 여행을 하면서 알게 된 중요한 것은 얼마나 더 많이 보느냐가 아닌, 얼마나 더 많이 느끼느냐였다. 정보를 알고 가면 효율적이기는 하지만 아무런 사전 지식 없이 자연과 마주할 때 오히려 자연은 나에게 더 값진 것을 선물했다.

스케줄을 잘 짜면 체력 소모도 덜하고 유명 명소에 가서 인증샷을 남길 수도 있다. 하지만 거기에 얽매어 이동하다 보면 '진짜'를 놓치게 되는 경우가 많다. 스케줄 중간에 무언가 하나를 빼먹으면 여행 내내 찜찜해지기도 한다.

지금 이 여행은 꼭 가야 할 장소가 없다. 꼭 봐야 할 명소도 없다. 단지 지금 가고 싶은 대로… 원하는 대로… 끌리는 대로… 그렇게 나아가고 있었다.

캐피톨 리프의 자연

태양이 강렬하게 내리쬐는 날씨다. 최근 며칠 사이 유타의 아름다움에 깊이 빠진 나는 캐피톨 리프를 앞두고 예감이 좋았다. 입구로 들어가는 길에 야생 염소 무리가 보였다. 곱게 휘어진 뿔을 가진 우두머리 아빠 염소를 중심으로, 엄마 염소 그 뒤로 아기 염소들이 떼 지어 이동하고 있었다. 경계심도 없는 듯,

차를 세워 자기들을 바라보는 나에 대해선 아랑곳 않고 느긋느
긋 저 갈 길을 걷는다. 나는 너를, 너는 나를 존중하며 각자의
길을 가자고, 또 지금처럼 우연히 마주했을 때에도 서로가 지
킬 선을 넘지 말자고 하는 암묵적 약속의 공기가 우리들 사이
를 흐르고 있었다.

　차가 아닌 두 다리로 이 땅을 걷고 싶다는 왠지 모를 끌림에,
캐피톨 리프 지도에서 거대한 골짜기 길을 걸을 수 있는 트레
일을 찾았다. 트레일의 이름은 그랜드 워시(Grand Wash). 그랜
드 워시로 들어가는 길은 꽤 넓었다. 처음엔 작은 바위와 언덕
사이로 평평한 길이 이어졌다. 하지만 조금씩 길이 좁아졌고
어느 순간 양옆으로 높은 암벽이 모습을 드러냈다.

　거대한 암벽에는 누군가 페인트칠을 해놓은 것처럼 큰 줄무

늬가 빼곡히 칠해져 있다. 오랜 시간 자연이 만들어 낸 문양이었다. 국립공원을 다니면서 그동안 살아왔던 세계의 스케일을 무시하는 온갖 거대함들을 마주한다. 대단한 사람들을 만나왔고, 거대한 건축물들을 누비며, 나 또한 작지 않다고 자부하며 살아왔다. 가끔은 커다란 고민의 무게에 짓눌리기도 했고, 감당 못할 감동에 빠지기도 했다.

그랬던 것들이, 그랜드 워시를 걸으며 이 우람한 암벽들에 비해 내가 한낱 작은 존재이고 그동안 참 작은 세상에서 부대끼며 살고 있었단 생각이 들자 이상하게도 위안이 되었다.

나른한 점심식사

2시간 가까이 걷고 나니 그랜드 워시 트레일 반대편 끝까지 왔다. 되돌아가던 중 허기가 졌다. 다행히 전날 저녁에 즉석 밥, 참치, 김 그리고 휴대용 고추장으로 주먹밥을 만들어 가방에 넣어놨었다. 마침 그랜드 워시의 멋진 뷰를 볼 수 있는 언덕이 보여 냉큼 그곳에 자리를 잡았다.

고요함 속에 주먹밥을 꺼내 들고 여유로운 점심식사를 가졌다. 점심을 다 먹고 나니 나른해졌다. 그 자리에서 30분 넘게 가만히 누워만 있었다. 두 눈을 감고 숨을 깊게 내쉬자 그랜드 워시의 선선한 공기가 몸과 마음을 휘감았다.

감사해, 지금 살아있다는 것에

오후 5시, 캐피톨 리프를 나와 다음 자연으로 향하면서 여러 생각을 했다. 내가 살던 도시의 빌딩들도 크고 멋있지만 이곳에서 만난 거대한 계곡과 절벽의 자연은 인간을 초월하는 강인함과 묵직함으로 모든 생명체들의 질서와 균형을 잡아주고 있는 것만으로도 감동이었다. 또한 꾸미지 않은 모습 그대로를 보여준 것뿐인데 내 심장을 뜨겁게 달궜다. 이 뜨거움을 느낄 수 있는 나 자신, 살아있는 나 자신에게마저 감사하게 해주었다.

내 마음의 크기는, 자연을 통해 틀 밖의 세상을 경험하면서 전보다 더 넉넉하고 여유로워졌다. 50일간의 여행이 끝나면 오늘보다 더 멋진 내가 되어 있을 것이란 믿음이 나를 다음 여행지로 이끌었다.

Day14

종착지에 5분 뒤에 도착한다는 운전기사의 방송이 울려 퍼졌다.
퍼뜩 정신이 들었다.
나 여기 오는 내내 싫고 안 좋은 기분만 붙잡고 있었구나.
아깝다…

"여행자는 그가 보는 것을 본다.
관광객은 그가 보러 온 것을 본다."

– G. K. 체스터턴

자연을 느낄 수가 없었다

오늘 찾아간 자연은 자이온 국립공원(Zion National Park)이다. 유타 주의 마지막 방문지이기도 하고 인기가 아주 높은 국립공원이었기에 벌써부터 마음이 들떴다. 공원에 도착하기 2시간 전부터 조금씩 도로에 차들이 늘어났다. 30분 전부터는 수많은 차들이 긴 입장 줄을 만들어 느릿하게 움직이고 있었다. 내가 방문한 시기가 자이온의 성수기였던 것이다. 그럴 만도 했다. 날씨는 선선했고 햇살 또한 따스했다. 자이온 지역의 산과 들판에는 이제 막 꽃을 피우려는 꽃봉오리들과 풀들이 파릇파릇 올라오고 계곡에서는 힘차게 냇물이 흐르고 있었다.

"오, 이런… 오늘은 왠지 불안하다."

자이온에 입장하고 나서 보이는 풍경은 나를 더 머리 아프게 했다. 쉴 틈 없이 지나가는 차들, 넘쳐나는 관광객들…. 대형 주차장이 이미 꽉 차 주차장을 몇 바퀴 돌고 나서야 맨 끝자리에 겨우 차를 댔고 그제야 두 발로 자이온 땅을 밟았다. 저 멀리 산맥들을 바라볼 때서야 국립공원에 온 것을 실감할 뿐, 시선이 바로 앞을 향하는 순간 자연의 고요함을 덮치는 자동차 엔진 소리와 사람들의 말소리만이 요란했다.

예상과는 너무 달랐다. 이건 자연이 아닌 것 같다는 생각에

몸에서 조금씩 식은땀이 나기 시작했다. 안내소로 들어가면서 더 많은 사람들이 보였고 그 속을 겨우 비집고 파크 레인저에게 공원 안내를 듣는 순간도 막막했다. 공원 도로는 벌써 차들이 점거하고 있어 나 스스로 운전하며 자유롭게 돌아다니기가 어렵겠다는 판단이 들었다. 다행히 공원 셔틀버스 수십 대가 5~10분에 한 번씩 운행되고 있었다.

작은 생각의 변화

정거장에 도착해 버스를 기다리면서 나는 초조했다. 자이온
은 '자연적인' 모습으로 다가오지 않았다. 평범한 관광지의 모
습이었다. 나도 한 명의 관광객이 된 기분이었다. 버스를 타고
어디로 향하는지도 모른 채 40분가량을 달렸다.

창밖에 자이온 공원의 아름다운 산맥들이 보이기는 했지만,
그냥 머릿속이 복잡했다. 그때 종착지에 5분 뒤에 도착한다는

운전기사의 말이 버스 안에 울려 퍼졌다. 퍼뜩 이런 생각이 들었다. 여기 오는 내내 싫고 안 좋은 기분만 붙잡고 있었구나. 아깝다….

'그렇다면, 많은 관광객들이 바라보는 멋진 산과 계곡 풍경에 집중하기보다, 공원 속 아주 작은 아름다움을 찾아보는 건 어떨까?'

여행을 시작하고 나서 방문했던 국립공원들에는 사람의 모습을 찾기 어려웠다. 그렇기에 늘 넓은 시선으로 자연 경치를 바라보는 것에만 익숙했다. 자이온에 와서도 나의 시선은 변함없이 넓은 자연을 보려고 했기에 시야에 자연이 아닌 다른 것들이 같이 보이자 마음이 불편해진 것이었다.

버스가 종착역에 도착했다. 밖으로 나오면서 숨을 깊게 들이켰다 내뱉었다. 시선과 감각을 자이온의 작은 자연들에 집중하고 싶었다.

계곡의 흐르는 물에 다가가 손을 내밀었다. 차디찬 강물과 손바닥을 스치는 생명의 흐름. 이제는 시각과 청각이 아닌 촉감으로 자연을 느낀다. 흔하고 흔한 다람쥐들이 보였지만 작은 다람쥐 한 마리를 유심히 지켜보니 그 녀석의 작은 제스처엔 미소가 절로 나오게 만드는 생동감이 있었다.

높은 암벽을 고개를 들어 바라보기보다 암벽을 타고 흐르는 물줄기를 따라갔다. 그 끝에 물을 맞으며 자라나는 풀들의 생명력이 보였다. 거대한 풍경에 가려져 보이지 않았던 장면에 저마다의 아름다움이 숨어 있었다. 대자연의 아름다움을 완성시키는 건 어쩌면 이 작은 아름다움들이라는 사실을 깨달았다.

생각지도 못한 카지노에서의 하룻밤

자이온을 빠져나와 다음 자연으로 향하는 길에 오늘 밤은 숙소를 잡아 체력을 보충해야겠다고 생각했다. 내비게이션이 알려주는 길을 보니 라스베이거스를 지나는 경로였다. 앱을 이용해 그곳에 싸고 평이 좋은 호텔을 예약할 수 있었다. 오후 9시가 넘어 들어가게 된 라스베이거스의 밤은 수많은 조명들로 번쩍번쩍했다.

도시의 몽환적인 분위기를 가로질러 예약한 호텔에 도착했을 때에야 여기가 그냥 호텔이 아니라 카지노가 있는 호텔이란 것을 알았다. 태어나서 단 한 번도 카지노를 가보지 않았다. 내가 아는 카지노의 모습은 영화 〈오션스 일레븐〉에서의 인상이 전부였다.

주차를 하고 호텔 입구에서 본 카지노에는 수많은 슬롯머신과 카드게임을 즐기는 사람들이 보였다. 체크인을 하고 호텔 방에서 샤워를 하면서 뜬금없는 생각에 잠겼다.

'호텔을 잡았더니 웬 카지노 호텔…. 하긴, 여기 라스베이거스지. 여기 들른 게 사실은 운명일지 몰라. 한 번 체험해볼까?'

겁이 나는 게 사실이었지만 여행을 시작하고 나서 많은 도전을 해왔고, 결과적으로 얻게 된 바가 많았다. 라스베이거스라는 공간의 알 수 없는 분위기가 또 하나의 도전으로 내 등을 떠미는 것 같았다.

후회 없이 도전하되 멈출 땐 확실히 멈추자

지갑에서 단돈 20달러를 꺼내 들고 방을 나와 카지노로 향했다. 내가 용기 있게 선택한 게임은 슬롯머신이었다. 사람들이 하고 있는 카드게임은 룰도 모르고 20달러를 들고 하는 것도 민폐라고 생각했다. 결국 혼자 기계 앞에 앉았지만 이 또한 어떻게 하는지 알 수가 없었다.

조용히 구석에 있는 슬롯머신 앞에 앉아 이리저리 버튼을 눌러보고 완벽히 이해는 못했어도 게임이 진행되는 방식을 눈대중으로 알아갔다. 그렇게 20분 정도 됐을까, 제대로 하고 있는지도 모른 채 시작한 슬롯머신에서 갑자기 소리가 울려 퍼졌다.

게임이 갑자기 200달러로 바뀌어 있었다. 내 눈을 의심했지만 다시 봐도 금액은 200달러였다. 순간 멍했다. 몇 초 후 이게 꿈이 아니라는 것에 기쁘고 흥분됐고 짜릿했다. 그때 결정적으로 그만해야겠단 생각이 들었다. 짧은 순간에 열 배의 돈을 벌고 보니 슬그머니 욕심이 나기 시작하는 걸 느꼈기 때문이다. 계속하다가는 위험해진다.

결국 20분 만에 내 카지노 체험은 종료되었다. 그리고 나의 손에는 200달러가 들려 있었다. 앞으로 며칠간 인스턴트, 패스트푸드가 아닌 맛 좋은 음식을 사 먹을 여유가 생긴 것에 기분이 좋았다. 왜 사람들이 카지노에 빠지는지 이해가 되기도 했다. 짜릿했다. 하지만 위험했다. 그날 밤 작은 인생 공부를 한 것 같았다. 역시 도전은 가치 있다. 중요한 건 때가 왔을 때 내려놓을 줄 아는 것이 그 도전을 의미 있게 한다는 사실이다.

180달러 벌었다!

Day 15

대단히 공허하고, 대단히 광대하고,
대단히 고요한 땅, 데스 밸리.
그 뜨거움에 가득 취해버렸어.

"다른 공간, 다른 삶, 다른 영혼을 찾기 위해
어떤 사람들은 영원히 여행을 한다."

– 아나이스 닌

드디어 캘리포니아로 입성했다. 봄을 알리듯, 들판 위엔 노
란 민들레가 화려하게 피어나고 있었다. 캘리포니아에는 다양
한 자연이 숨 쉬는 국립공원들이 곳곳에 있다. 여행을 준비하
면서 손꼽아 기다려오던 땅이었다.

데스 밸리, 처음 만나는 열기

캘리포니아에서 처음으로 찾아가는 자연은 북동쪽에 위치한
데스 밸리 국립공원(Death Valley National Park)이다. 데스 밸리
에 도착하기 전 자동차를 두 번 정도 세우고 주변을 보는 시간
을 가지느라 입장 시각은 이미 오후 1시가 넘어 있었다.

가장 먼저 자브리스키 포인트(Zabriskie Point)에 갔다. 뜨거
운 사막 한가운데 밝고 붉은 색상의 사암 바위 언덕들이 자리
잡은 데스 밸리. 그중 자브리스키 포인트는 동북쪽 입구에 있
다. 방문객들이 더 좋은 뷰를 볼 수 있도록 만들어진 언덕을 걸
어 올라갔다. 자브리스키 포인트에는 풍요로움보다는 강렬함
이, 은은함보다는 강인함이 느껴졌다. 그 어떤 생명체도 이곳에
함부로 발을 들이고 살아갈 수 없어 보였다. 왜 이곳의 이름이
데스 밸리(죽음의 골짜기)로 불리는지 눈앞의 풍경과 느껴지는

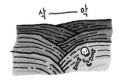

삭 ——— 악

체온으로도 충분히 알 만했다.

데스 밸리는 북아메리카 지역에서 뜨거운 땅으로 손꼽히는 장소이기에 내가 들른 초봄에도 이곳 열기는 엄청 났다. 공기는 건조했고 땅에서 올라오는 열기로 인해 조금만 움직여도 땀이 삐질삐질 흘러내렸다.

데스 밸리 공원 지도에 쓰여 있는 첫 글귀가 인상적이다.

Death Valley…

So empty, so vast, so simple, so quiet.

(데스 밸리…

대단히 공허하고, 대단히 광대하고, 대단히 단순하고,

대단히 고요하다.)

사실이었다. 이 넓은 땅에 나무 한 그루 찾기 힘들고 3월 중순임에도 이미 뜨거운 여름 날씨였다. 귓가에 들려오는 소리라고는 헛헛한 바람소리뿐. 길이 없었다면 어디가 동서남북인지 분간하지 못할 것 같았다. 하지만 이 모든 것들에 조화가 있고 그 조화 속에 자신만의 아름다움이 느껴지는 장소가 바로 데스 밸리였다.

백색의 땅, 배드 워터

다시 차에 올라타 더 안쪽으로 들어갔다. 다음으로 향한 곳은 배드 워터(Bad Water)였다. 강물이 순식간에 메말라버린 듯한 모습을 하고 있던 배드 워터는 영화 〈캐리비안의 해적-세상의 끝에서〉에서 잭 스패로우 선장이 잡혀갔던 저승의 모습 같기도 했다. 물이 말라 갈라진 하얀 땅이 넓게 펼쳐졌고, 멀리 지평선 위로 그림 같은 산이, 또 산 위로는 구름 한 점 없는 파란 하늘이 그곳을 찾는 이를 반기고 있었다. 배드 워터의 땅은 소금층으로 이루어져 있어 '소금 사막'이라 불리기도 한다.

여기서 잠깐, 왜 이곳은 '나쁜 물'로 불릴까. 그 사연은 이렇다. 옛날에 금광을 찾아 캘리포니아로 향하던 사람들이 데스

밸리를 지나다가 목이 말라 이곳에 고인 물을 마셨는데 죽음에 이르렀다고 한다. 보기에는 맑은 물 같지만 이곳에 고인 물은 일반 바닷물보다 네 배 이상 짜고 그 물에는 수생 동식물과 유충들이 득실거린다. 아름다운 모습 속에 독을 품고 있는 셈이다. 이것이 '배드 워터'라는 원망 어린 이름을 얻게 된 경위다.

나는 배드 워터의 소금 사막 중앙까지 걸어가 사진을 담기 시작했다. 촬영 중 젊은 사람들 무리가 내게 다가왔다. 활짝 웃으며 사진에 대해서 이것저것 묻는다.

"좋은 사진기를 가지고 있구나!"

무리 중 한 남자가 말했다.

"고마워. 난 사진작가인데 지금 자연을 여행하고 있어!"

젊은 친구들은 나의 여행기에 관심이 가는 듯했다. 얘기를 나눠보니 그들은 뉴질랜드에서 여행 온 대학생들이었다. 방학을 맞아 친구들끼리 합심해 미국 여행 중이라고 했다. 우리는 빠르게 친구가 되었고 연락처를 공유했다.

여행을 하며 만났던 사람들 중에 까탈스러운 사람은 없는 것 같다. 그들의 표정과 말투 속에는 자유로움과 여유가 있다. 나이와 국적도 다양하지만 공통적으로 상대방을 이해하려고 노력한다. 짧은 만남 속에 친구가 될 수 있다는 것은 여행의 치명적인 매력이자 장점인 것 같다.

날이 저물 때쯤 그들과 작별 인사를 하고, 배드 워터의 노을을 감상하는 시간을 가졌다. 해가 지자 뜨거웠던 데스 밸리의 땅도 선선했다. 차에 올라타 창문을 내리고 데스밸리의 길을 음악과 함께 달려나갔다.

'누가 알았을까 답은 이토록 단순하단 것을… 이토록 단순하단 것을…'

◉ 제이크 버그 Jake Bugg의 노래 〈Simple As This〉

Day 16

그녀와 헤어지고 2년이 지난 지금,
난 그녀를 만나러 샌프란시스코로 향하고 있었다.

> "사람이 여행을 가는 것이 아니라,
> 여행이 사람을 데려가는 것이다."
>
> — 존 스타인벡

샌프란시스코 그녀, 세라 누나!

그녀를 여자이기 이전에 사람으로서 동경했다. 짙은 피부색에 긴 생머리, 계란처럼 동그랗고 큰 눈과 밝은 미소. 상대방의 말을 귀담아 들어주는 배려와 틀린 것은 틀렸다고 말하는 용기가 있는 사람. 직장을 위해 캘리포니아로 떠나게 된 그녀와 아쉬운 작별을 한 지 2년, 오후 4시의 햇빛을 받으며 나는 세라 누나의 집에 도착했다.

"어서 와~ 오느라 힘들지는 않았어? 하하."

마치 어제 본 사람처럼 살가운 그녀의 웃음소리가 괜스레 쑥스러웠던 나의 태도를 순식간에 녹인다. 누나는 간단하게 집안 구경을 시켜준 뒤, 내가 한국 음식 그리웠던 건 이미 눈치챈 듯 만두를 쪄주고 맛난 김치도 한 접시 건네준다. 이런 센스와 배려는 어디에서 나오는 걸까?

그날 밤 우리는 근처 한국 고깃집에서 서로의 연애담에 맞장구치고 분통을 터뜨리기도 하며 2년이란 시간의 틈을 빠르게 채워갔다. 이런 사람이 내 주변에 있다는 것이 얼마나 감사한지. 수줍어 말은 못 했지만 그녀가 말하는 모습을 바라보며 짓는 내 표정에는 너무 분명하게 쓰여 있었을 것이다. "그대는 참 좋은 사람입니다"라고.

Day 17

만약 누군가 나에게
"샌프란시스코에 가면 어디를 가봐야 할까?"라고 묻는다면
나의 대답은 하나야.
"뮤어 우즈에 가봐! 샌프란시스코에 숨겨진 보물 같은 장소야!"

> "장소의 변화는
> 사람의 마음에 새로운 활력을 선사한다."
> — 세네카

샌프란시스코의 보물, 뮤어 우즈 자연

오늘과 내일, 나는 세라 누나가 준비한 가이드 투어를 받기로 했다. 이번 여행의 주제가 자연인 것을 알고 있던 그녀는 제일 먼저 샌프란시스코에 위치한 뮤어 우즈 국립기념지(Muir Woods National Monument)로 나를 데려갔다. 처음 들어보는 곳이었지만 도착할 때쯤 이미 엄청난 나들이 차량들이 뮤어 우즈를 가득 메우고 있었다. 느려터진 도로를 이동하면서 그냥 되돌아갈까도 했지만 긴 인내 끝에 뮤어 우즈 안으로 입장했다.

드디어 만나게 된 뮤어 우즈 자연 앞에 서자마자 든 생각. '들어오길 너무 잘했다!' 어떤 분위기일지 전혀 예상할 수 없었던 뮤어 우즈의 자연은 매혹적이었다. 그녀 또한 샌프란시스코에 살면서 뮤어 우즈에 처음 와본다고 했다. 눈에서 빛이 나는 걸 보니 그녀도 이곳이 마음에 드나 보다. 높고 큰 나무들이 우거지고 초록빛 풀이 사방에 자라는 뮤어 우즈의 자연환경은 그동안 내가 여행하면서 본 자연과는 많이 달랐다. 마치 밀림 속에 들어와 있는 느낌이랄까?

바다와 가까워서인지 습한 공기도 느껴졌다. 또 안개가 살짝 끼면서 뮤어 우즈의 분위기가 한층 무게감을 띠었다. 나무껍질 위에 서린 이끼의 모습이 이렇게 아름다워 보일 수가….

우리는 4시간 가까이 뮤어 우즈 산길을 거닐며 시간을 보냈다. 처음에는 서로 대화하며 걷다가 어느 순간 말없이 자연과 함께 걷고 있었다.

뮤어 우즈는 샌프란시스코 해안 지역에 마지막으로 남은 레드우드 숲이 있는 장소이다. 레드우드는 세계에서 가장 높은 나무이다. 나무들 중에 가장 빨리 성장하는 나무이기는 하지만, 3세기를 거쳐서야 100미터에 가까워지니 인간의 시간 개념과는 차원이 다른 셈이다. 거대하고 높은 레드우드 나무숲은 세계적으로 많지 않지만 캘리포니아 북쪽으로 올라가면 다양한 레드우드 숲을 만나볼 수 있다.

뮤어 우즈는 영화 〈혹성탈출〉 '진화의 시작'편과 '반격의 서막'편의 배경이 되는 장소이기도 하다. 영화를 본 사람들이라면 어느 정도 이곳의 분위기를 예상할 수 있을 것이다. 가지각색의 식물과 드높은 레드우드 나무들로 이루어진 숲, 그리고 은은하게 밀려오는 나무 향을 맡을 수 있는 장소. 뮤어 우즈 안에 잠시만 있어도 마음이 평온해지는 느낌이다.

샌프란시스코에 이런 곳이 있다니. 워낙 유명한 도시이기에 많은 정보를 들어왔지만 이런 자연이 숨 쉬고 있을 것이라고는 꿈에도 상상 못했다. 만약 누군가 나에게 "샌프란시스코에 가면 어디를 가봐야 할까?"라고 묻는다면 앞으로 나의 대답은 하나일 것이다.

"뮤어 우즈에 가봐! 샌프란시스코에 숨겨진 보물 같은 장소야!"

Day 18

그녀가 데려간 장소도 멋지지만,
그녀처럼 멋진 사람과 함께하기에
이곳이 잊지 못할 추억으로 남는 거겠지?

> "같이 걷는 좋은 친구는 멀게만 보이는 길을
> 훨씬 짧게 느껴지도록 만든다."
>
> – 아이작 월턴

샌프란시스코의 마지막 날이 밝았다. 9시쯤 부랴부랴 준비를 하고 세라 누나를 따라나섰다. 오늘의 여행지는 샌프란시스코 나파 지역, 그중에서도 와인 제조공장! 여행 중 와이너리에 갈 거라고는 생각지도 못했지만 그녀가 엄선해서 데려가는 장소였기에 기대가 됐다.

나파 마을에서의 브런치

와이너리에 도착하기 전 우리는 아침 겸 점심을 먹기 위해 나파 지역의 유명한 브런치 카페를 찾았다. 카페의 이름은 '멜티드(Melted)'. 밖에서 봐서는 자그만 구멍가게였다. 문을 열고 들어가니 열 명 이상 앉을 수 없게 좁았다. 현지인들만 알 것 같은 곳이라고나 할까? 이 카페는 샌드위치 전문점으로 메뉴 선택이 간단해서 좋았다. 주문을 하고 창가 쪽 테이블에 앉아 10분 정도 기다리니 갓 구운 와플 빵으로 만든 따끈따끈한 샌드위치가 나왔다. 이게 정말 유명한 게 맞나 싶을 정도로 샌드위치의 모습은 단순했다. 그리고 한 입…

"어?! 뭐지 이 맛은?!"

바삭한 와플 빵에서 느껴지는 고소한 맛!

와플 사이에 잘 녹아 있는 치즈!

그리고 씹히는 고기!

이렇게 맛난 샌드위치는 오랜만이었다.

그녀가 선택하는 장소들은 일면 나의 취향과는 거리가 있었다. 하지만 막상 방문하고 나면 나는 모든 장소에 감명을 받고 즐거웠다. 이번 브런치 카페도 아마 혼자였으면 절대 오지 않았을 장소다. 멜티드의 샌드위치는 단언컨대 내 인생의 샌드위치로 남을 것이다.

로버트 몬다비의 와인

난 술을 많이 마시는 타입은 아니다. 더구나 와인이라는 술은 너무 어렵게 느껴지는 영역이었다. 그런 내가 세계적으로 유명한 로버트 몬다비 와이너리(Robert Mondavi Winery)에 오게 되었다.

캘리포니아 나파 밸리 지역은 포도가 자라기 아주 좋은 땅이어서 와이너리들이 여럿 있다고 한다. 그중에서도 원조 중의 원조가 로버트 몬다비. 도착해서 본 로버트 몬다비의 건물은 예뻤다. 하얀 외벽에, 내부에는 아기자기한 조각과 장식품이 구석구석 깔끔하게 배치되어 있고, 건물 주변으로 거대한 포도 농장이 펼쳐져 있다. 비가 오고 있었지만 건물을 방문한 사람들은 적지 않았다. 우리는 몇몇의 사람들과 같이 와이너리 투어를 돌게 되었다.

로버트 몬다비의 역사 이야기로 시작된 투어는, 와인이 만들어지는 과정을 직접 보고, 마지막으로 이곳에서 만든 와인을

시음하는 시간을 가지면서 종료되었다. 투어의 하이라이트는
마지막 시음이었는데, 그때 난 처음으로 와인을 음미하는 법을
배울 수 있었다.

1. 와인을 잔에 따르고 계속 흔든다.
2. 와인을 조금 입에 넣고 바로 삼키지 말고 입 안에 몇 초
    머금다가 삼킨다.
3. 와인을 계속 흔든다.
4. 한 번 더 와인을 조금 입에 넣고 이번에는 입 안 전체에
    와인이 돌아다니게 한 다음 삼킨다.
5. 이제 와인 잔을 흔들며 잔에서 와인 향을 느낀다.
6. 마지막으로 와인을 시음한다.

처음 1, 2번의 단계는 입안에 남은 잔 맛을 청소해주는 단계이고 3, 4번 단계는 와인을 음미하기 전 입안 전체에 와인의 향을 물들게 하는 단계이다. 마지막 5, 6번 단계가 와인의 진짜 맛을 음미하는 단계라고 한다.

실제로 이 방법을 실천해본 결과 전에는 몰랐던 와인에 담긴 미세한 맛들, 달콤함, 상큼함, 신맛, 부드러운 넘김 등이 느껴지는 게 신기했다.

즐거웠어요, 세라 누나

세라 누나의 집으로 돌아오니 밤 10시였다. 내일 아침이면 다시 혼자만의 여행을 떠나야 한다. 지난 며칠 동안 숙식을 제공해주고 자신의 모든 시간을 투자해 나를 멋진 장소에 데려가준 그녀에게 작게나마 보답을 하고 싶었다. 가진 게 별로 없어서 그동안 찍은 사진을 골라, 프린터기로 인쇄를 하고 그 뒤에 손 편지를 썼다.

선물을 준비한 뒤 새벽 2시 넘어서야 부랴부랴 짐을 싸고 잠자리에 들었다. 그녀와 그녀 부모님에 대한 감사함이 밀려들었다. 지금 내가 할 수 있는 보답은 이 작은 손 편지와 사진들 뿐이지만, 언젠가 그녀에게 도움이 필요한 순간이 생기면 내가 그 도움을 줄 수 있는 사람이었으면 좋겠다.

'즐거웠어요, 세라 누나. 고마워요, 세라 누나. 잊지 않을 게요, 세라 누나!'

Day 19

금방이라도
잠자는 숲속의 공주가 눈앞에 나타날 것 같아.
동화 속 자연이 이곳에 숨 쉬고 있는 듯해.

"낯선 마을에서 홀로 깨어난다는 것은
세상에서 가장 기분 좋은 느낌이다."

– 프레야 스타크

샌프란시스코에서의 3일간 휴식으로 그동안 방전됐던 에너
지를 가득 충전했다. 다시 시작된 여행의 행선지는 샌프란시
스코에서 2시간 거리에 위치한 피너클스 국립공원(Pinnacles
National Park)이다.

작은 고추가 맵다. 피너클스의 자연
———————————

피너클스는 2300만 년 전 화산 활동으로 만들어진 자연이
다. 원래는 국립공원이 아닌 국립기념지에 속했지만 2013년에
국립공원으로 지정되면서 미국 내 국립공원들 중 막내 자리를
거머쥐었다.

피너클스는 마치 호빗들이 살 것 같은, 잠자는 숲속의 공주
가 금방이라도 눈앞에 나타날 것 같은 동화적인 공간이다. 시
냇물이 졸졸 흐르는 들판에 봄을 맞는 초록 풀과 알록달록한
꽃들이 자라나고 새들의 지저귐이 들려왔다. 웅장하고 압도적
인 느낌을 주는 장소는 분명 아니었지만 마치 자연계의 아기자
기한 놀이터이자 쉼터 같았다.

차로 좀 더 들어가자 산을 오르는 좁은 길이 나왔다. 피너클
스 국립공원은 자동차로 갈 수 있는 곳이 다섯 군데 될까 말까

할 정도로 규모가 작다. 내가 도착한 장소는 베어 굴치(Bear Gulch) 트레일. 동네 뒷동산 같아서 걷는 데 많이 힘들진 않았다. 꼬불꼬불하게 난 길이 옛날 이야기책에서 본 그림 같아 입가에 미소가 지어졌다. 30분 정도 올라가니 큰 돌들이 보였는데, 그 사이의 좁은 통로를 지나가니 길이 어느 동굴로 이어져 있었다.

산꼭대기에 숨겨진 동굴

'와아!' 이런 산꼭대기에 동굴이 숨어 있다니. 주변에는 폭포가 시원하게 쏟아지고 골짜기엔 시냇물이 격렬히 흘렀다. 반면 동굴 속 길은 어두웠다. 한 사람이 겨우 들어갈 정도로, 그것도 허리를 굽혀야 할 만큼으로 점점 좁고 낮아져서, 동굴 입구가 다른 세계로 빨려가는 문이 아닌가란 상상을 잠깐 했다. 동화 속 한 장면 같았던 첫인상부터 비밀스런 동굴까지 피너클스의 자연은 신비로움 그 자체였다.

'꿈의 땅'이라는 별명처럼, 정말 꿈속에 나올 만한 불가사의하고 아름다운 자연들이 밀집해 있는 캘리포니아. 피너클스를 시작으로 그 놀라운 자연의 세계로 한 발 걸어 들어간 느낌이다.

Day 20

홀로 안개가 자욱하게 낀 산꼭대기를 오를 때
마치 인간의 영역이 아닌
신의 영역에 침범해 있는 느낌을 받게 돼.

"자연은 언제나 영혼의 색깔을 띤다."

– 랠프 월도 에머슨

비가 오려나? 오늘은 날이 흐리다. 흐린 날씨여도 여행은 계속된다. 오늘부터 며칠간은 내가 특히나 기다렸던 장소를 방문할 예정이다. 마음이 지나치게 들뜬다. 그런 마음을 도닥이듯 조금씩 구름이 끼고 있었다.

세쿼이아로 들어가는 길

오늘 찾은 자연은 거대 세쿼이아 나무들이 솟아 있는 세쿼이아 국립공원(Sequoia National Park)이다. 흐린 날씨가 염려됐지만 세쿼이아에 입장하고 나서 걱정은 싹 사라졌다. 산 위에 자리 잡은 세쿼이아에 흐린 구름이 내려앉으며 안개가 꼈기 때문이다. 그동안 맑은 날 보아왔던 자연의 모습과는 다른, 장엄하고도 묘한 연출이 이루어졌고 나는 오히려 오늘의 날씨에 감사했다.

"몽환적인 분위기라는 건 이럴 때 쓰는 말이구나!"

날이 맑았더라면 절대 볼 수도 느낄 수도 없는 안개 긴 세쿼이아의 가슴 설레는 정취…. 입구에서부터 몇 번씩이나 차를 세우고 두 눈과 사진으로 풍경을 담으며 2시간을 보내고 나서야, 세쿼이아 나무들이 있는 장소에 도착할 수 있었다.

세쿼이아 국립공원은 유네스코 생물권보전지역으로 지정된
국립공원이다. 세쿼이아의 자연에는 어림잡아 1200여종의 나
무와 300여 종의 동식물이 서식한다고 한다. 사람들이 이 공원
을 방문하는 가장 큰 이유는 이름이 보여주듯 세쿼이아 나무
때문이다. 세상에서 가장 큰 나무가 울창한 숲을 이룬 장소란
대체 어떤 모습일까?

공원 중심지인 자이언트 포레스트(Giant Forest)에 도착했을

때에도 안개는 자욱했다. 멀리 있는 나무들의 모습이 안개로 인해 흐릿한 실루엣으로만 보였는데 마치 마법의 세계로 들어선 것 같았다. 한 걸음 한 걸음 나아갈수록 나무의 모습이 또렷해졌고 마침내 눈앞에 장대한 세쿼이아 나무가 모습을 드러냈다. 사람 열 명이 두 팔을 벌려 나무를 둥글게 감싸야 할 정도의 폭, 15층 건물 이상의 높이. 드디어 세쿼이아 나무를 사진이 아닌 실물로 보았다. 세쿼이아 나무에서 나오는 진한 향이 안개의 습기와 어우러져, 시원하면서도 향긋한 청정 공기를 뿜어냈다. 꿈결 위를, 구름 위를 걷는 느낌이었다.

숲속에서 만난 수호자

얼마 지나지 않아 모로 바위(Moro Rock)라는 트레일이 나타났다. 안개 낀 정상에 홀로 섰을 때 보이는 바위의 풍경은 인간의 영역이 아닌 신의 영역에 침범해 있는 기분을 들게 했다. 이 풍경이 지금 오롯이 나 혼자만의 것이라는 게 얼마나 큰 벅참인지, 다른 사람들은 알까?

시간은 저녁에 가까웠고, 남쪽 입구에서 시작된 세쿼이아의 여정은 점점 북쪽 끝으로 향하고 있었다.

저 멀리 안개 속에 미세한 빛이 보였다. 가까이 다가가니 숲속 마녀들이 꾸며놓은 것 같은 책과 액자들이었다. 뭐지? 누가 이런 몽환적이고 예술적인 공간을 만들어 놓았을까?

나는 차에서 내렸고 그곳에서 두 명의 젊은 여성들을 만났다.

로스앤젤레스에서 왔다는 브리짓과 니나는 미대생으로, 현재 개인 미술 프로젝트를 하고 있었다. 그 프로젝트란 다양한

장소를 찾아다니면서 사람들이 사용하는 물건으로 공간을 구성해 사진을 남기는 것이었다. 그들은 가지고 온 물건을 오늘 아침부터 세쿼이아의 자연에 배치하고 있었고 내가 나타났을 때 거의 모든 준비를 끝낸 상태였다.

두 사람이 꾸며놓은 숲속 작은 세상은 날이 어두워지면서 더 빛을 발했다. 불이 들어온 꼬마전구의 조명에 나무껍질과 장식들이 은은하게 비치는 모습은 아름다움 이상의 아름다움이었다. 또 안개로 인해 빛이 공기를 투과하는 느낌이 더해져 꿈에서 만날 법한 초 현실 세계가 돼 있었다.

너무도 당연하게 사진 욕심이 발동했고 두 사람의 허락을 받아 촬영을 했다. 환상적인 분위기를 다 전달하기에 턱없이 부족한 건 사실이었지만 다행히 사진을 본 브리짓과 니나의 얼굴에 미소가 번진다. 1시간 정도 같이 이야기를 하다 보니 날이 어두워졌다. 둘은 물건을 정리하기 시작했다.

추운 밤 날씨에 엄청나게 많은 짐을 상대하는 그들이 안쓰러워 나도 짐을 차로 옮기는 것을 도와주었다. 너무 고맙다며, 내게 '숲속에서 만난 가디언(수호자)'이라는 이름까지 붙여준 두 사람은 로스앤젤레스로 같이 가는 건 어떠냐는 제안도 했다. 하지만 내겐 가야 할 길이 있었기에 정중히 거절했다. 연락처를 교환한 뒤 우리는 각자의 길로 떠났다.

'…따라갈 걸 그랬나? 하하.'

Day 21

누구나 다 하는 사랑 이야기.
나에게도 그런 진부한 사랑 이야기가 있어.

"여행의 즐거움 중 절반은
상실감의 미학이다."
– 레이 브래드버리

밤안개 긴 세쿼이아 숲길에서 잠이 든 채 아침이 밝았다. 오늘은 하루 종일 운전만 할 것이기에 조금 다른 이야기를 해볼까 한다.

여행을 떠나기 전의 사랑

여행을 떠나기 다섯 달 전, 사랑했던 사람과 이별을 했다. 우리가 같이했던 시간은 2년 반. 그녀를 처음 만난 순간부터 사랑했다. 내가 그렇게 쉽게 사랑에 빠질지 몰랐고, 가슴 뛰는 만큼 온전히 바치는 사랑을 할 줄 몰랐다. 하지만 그녀의 사랑은 조금 달랐다. 그녀는 나를 만나고 좋아한다 말하기까지 세 달이 걸렸고, 사랑한다 말하기까지 다시 세 달이 걸렸다. 그녀에게 같이 찍은 사진을 올려도 된다는 허락을 얻기까지는 더 오랜 시간이 걸렸다. 나는 처음부터 100이었지만 그녀의 사랑은 10에서 시작해 100으로 커지고 있었다. 커지는 그녀의 사랑은 늘 그 자리에 있는 나의 사랑이 불안했던 것 같다. 처음과 다르다는 그녀의 의심이 나를 힘들게 했다. 어느 날 나는 담담하게 이별을 고했다.

여행을 하면서의 사랑

혼자만의 여행 속에서 솔직하게 그녀 생각이 많이 난다. 하루에도 수십 번, 로스앤젤레스에 산다는 그녀에게 연락할까 말까를 망설였다. 캘리포니아에 들어서면서부터 무작정 찾아가고 싶었지만 매순간 그러지 말자고 날 타일렀다. 그녀를 만나 잘될 가능성 1퍼센트, 안 될 가능성 99퍼센트라는 현실에 대한 두려움보다, 분명 그녀에게 또 다른 아픔을 줄 게 뻔하다는 생각이 앞섰다. 2년 동안 만나면서 그녀를 알아온 나이기에 지금의 나는 그녀에게 힘이 돼줄 사람이 아니란 것을 잘 알았다.

지금의 여행 또한 만약 내가 그녀와 이별하지 않았다면 할 수 없었을 가능성이 크다. 헤어지고 여섯 달이 지난 지금, 혼자 그리워하고 생각하고 다짐하고 질책하고 꾸짖는 걸 보니 내가 그녀를 정말 사랑하긴 했나 보다… 아니 아직도 사랑하고 있나 보다. 청춘의 한 챕터에, 그녀란 사람이 있어주었다는 게 고맙다.

Day 22

컴퓨터의 배경화면이 된 곳.
많은 사람들이 모여든다는 건,
그만큼 멋진 무언가가 그곳에 있다는 뜻이야.

요세미티에 처음 관심을 가지기 시작한 건 몇 년 전부터 사용해오던 컴퓨터의 공식 OS 바탕화면이 요세미티로 지정되면서부터였다. 컴퓨터를 켤 때마다 늘 화면 속의 모습을 실제로 보고 말겠다는 결심을 하고 있었다. 그리고 오늘 그 꿈의 장소에 도착했다.

꿈에 그리던 요세미티의 자연

요세미티 국립공원(Yosemite National Park)은 세계에서 가장 사랑받는 국립공원 중 하나다. 아직 성수기가 시작되기 전이었음에도 수많은 사람들이 요세미티를 방문하고 있었다.

요세미티 안으로 들어와 처음에는 다른 자연과 별반 다른 점이 없었다. 하지만 영화 〈나니아 연대기〉에서 옷장 뒤로 다른 세상이 펼쳐지는 장면처럼, 터널을 지나자마자 휘황찬란한 요세미티의 자연이 등장했다.

그야말로 입이 떡 벌어지게 만드는 절경의 모습. 조각 같은 암벽이 요세미티 숲 양옆으로 우뚝 서 있고 오른쪽 암벽 꼭대기에서는 폭포가 거세게 흘러 내렸다. 산맥 사이에 자리한 요세미티의 심장, 하프 돔(Half Dome) 암반의 모습도 눈에 들어왔다.

'와… 죽여준다!'

폭포 앞에 가까이 서자 수증기가 온몸을 적셨다. 기분 좋고 시원하다.

'이거 홀딱 젖겠는데!'

한 발자국 더 다가가면

요세미티 밸리는 공원 내 가장 핫한 장소였기 때문에 걸으면서도 많은 여행객을 만날 수 있었다. 여기서 여행 팁 하나. 처음 가보는 장소여서 어디를 봐야 할지 정확히 모르겠다면 '사람들이 많이 모인 곳'을 가는 것이 가장 현명하다. 그만큼 멋진 무언가가 그 장소에 있다는 뜻이니까.

그리고 하나 더! 사람들이 모인 곳에 도착했다면, 그 주변으로 한 발자국이라도 더 들어가 보도록 하자! 놀라운 장소 안에는 더 놀라운 것이 숨어 있을 가능성이 높다. 언덕에서 한 발자국 더 가면 깎아지른 절벽이 나타나고, 폭포 외곽에서 조금 더 들어가면 폭포수 뒷편으로 향하는 길이 나오는 것처럼, 겉핥기가 아닌 진짜를 맛볼 수 있다.

좋은 사진을 찍기 위해 노력하고 있어.
좋아하지 않았다면 절대 할 수 없었을 거야.

50DAYS.ME.ALONE
INTO THE NATURE

오늘은 요세미티를 나와 온종일 길을 달려야 하기에 독자들이 궁금해 할 이야기를 풀어볼까 한다. 바로 내가 사진을 어떻게 찍는지, 또 어떤 장비를 쓰는지에 관해서다.

사진 이야기

사진 찍는 일을 직업으로 삼고 있기에 사용하는 기기는 꽤 고가에 속한다. 일단 내가 여행할 때 들고 다니는 장비는 이러하다.

> 카메라: Canon 5D mark III, Gopro 4, Sony A7S,
> DJI Phantom 3
> 렌즈: Canon 16-35mm f/4, Canon 24-70mm f/2.8,
> Canon 50mm f/1.2, Canon 70-200mm f/2.8

그 외에도 여섯 개의 배터리, 네 개 이상의 메모리카드, 하드 케이스 재질의 가방 두 개, 배낭 한 개, 삼각대, 무선 리모컨 등등이다. 나열한 것만 보자면 '아, 카메라가 좋아서 사진이 잘 나오는 거구나'라고 생각할 수도 있지만 실제로 카메라의 덕을 보는 부분은 20퍼센트 정도에 불과하다. 열 장 중 두세 장 정도는 그럴 수 있지만 나머지는 절대 장비 덕으로 잘 나온 사진이 아니라고 확고하게 말할 수 있다.

그럼 지금부터 여행 사진을 잘 찍을 수 있는 핵심 팁들을 공개한다.

1. 많은 장비는 필요 없지만 카메라 한 대만 들고 좋은 사진을 찍기 힘들다.

사람들이 하는 큰 착각 중 하나는 '비싸고 좋은 카메라 한 대만 있으면 된다!'란 생각이다. 대상과 풍경마다 가장 잘 나올 수 있는 앵글이나 화면이 다르다. 풍경 사진을 더 잘 찍고 싶다면 삼각대는 꼭 들고 가자. 흔들림도 없애줄 뿐더러 밤하늘의 별들을 아주 멋지게 담을 수 있다.

2. 좋은 사진을 찍기 위해서는 시간을 투자해야 한다.

한 번 사진을 찍기 위해 내가 들이는 시간은 최소 30분에서 최대 4시간이다(하루 종일까지도 걸린다). 준비하는 시간만 최소 15분. 삼각대를 펼치고 중심과 구도를 잡고 포커스를 맞추고 얼마나 카메라 셔터를 열고 닫을 것인지 생각하고 설정을 하고 나서야 사진을 찍을 수 있다. 사진은 순간을 담는 녀석이지만 그 순간을 위해 준비하고 충분히 기다릴 수 있어야만 좋은 결과물을 허락한다.

3. 감성과 개성은 사진을 찍고 나서부터 시작된다.

사진에 자신이 추구하는 스타일과 감성, 그리고 개성을 불어넣는 일은 촬영 후 보정을 통해 가능하다. 필름 사진을 인화하려면 암실에 들어가 다양한 액체에 담그고 작가가 추구하는 스타일의 색을 만들어내는 것처럼, 디지털 사진 또한 컴퓨터로 밝기와 색상을 조절하면서 자신이 원하는 스타일로 현상해야 한다. 나의 경우 사진 찍는 시간이 1시간이면 보정하는 시간은 1시간이 넘는다.

딱 세 개의 팁만 말했는데도 좋은 사진 찍기는 어렵구나라고 생각하는 사람들이 있을 것이다. 나도 수없이 망하고 실패했다. 하지만 재능이 없다며 등 돌리는 대신, 좌절의 경험을 노하우 삼아 다시 노력했다. 좋아하지 않았다면 절대 할 수 없는 일이었다.

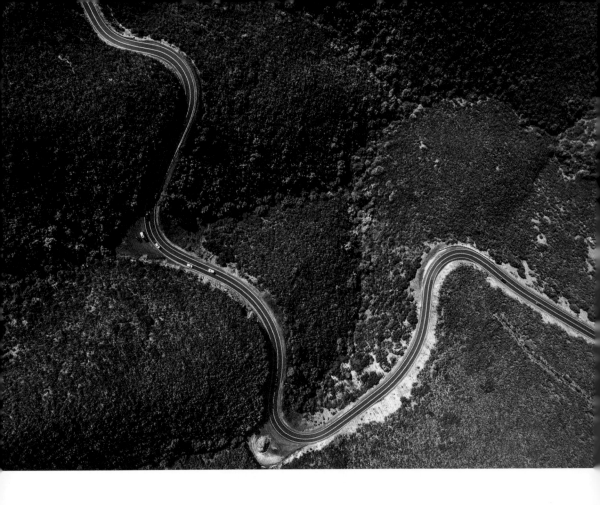

공원의 문은 닫혔지만 자연의 문은 열려 있어.
열린 자연에는 닫힌 공원 속 세상보다
더 값지고 멋진 보물이 숨어 있어.

> "행복은 목적지의 문제가 아닌
> 어떻게 여행을 하는가의 문제임을 기억하라."
>
> – 로이 굿맨

이제 여정은 북쪽을 향한다. 오늘 도착한 자연은 래슨 볼캐닉 국립공원(Lassen Volcanic National Park). 날씨는 봄에서 겨울로 다시 바뀌고 있었다.

닫힌 문, 열린 자연

길은 고요했다. 차가 거의 보이지 않는 도로에 조금씩 눈이 흩날렸다. 내비게이션을 따라 도착한 래슨 공원. 문은 굳게 닫혀 있었다. 사전 정보 없이 여행을 하다 보니 또 예상치 못한 난관에 부딪혔다. 가장 난감한 경우가, 도착했지만 들어갈 수 없는 오늘 같은 상황이다.

래슨 공원은 높은 고지에 위치해 있어 안전상의 문제로 겨울부터 늦봄까지 공원 시설을 닫아 놓는다고 한다. 하지만 그다지 막막하진 않았다. 오히려 "어, 닫혔네." 하며 실실거린다. 여행의 중반, 나의 생각엔 변화가 일어나고 있었다.

공원의 문은 굳게 닫혔지만 주변에도 자연은 있다. 차를 세워두고 수북하게 눈이 깔린 숲길을 걷기 시작했다. 부러져 쓰러진 나무 위에 앉아 잠시 시간을 보내다, 잔잔하게 흐르는 계곡을 만나 얼음장처럼 차가운 물에 두 손을 담가보기도 했다.

공원의 문은 잠겼지만 자연의 문은 열려 있다. 열린 자연에는 닫힌 공원 속 세상보다 더 값지고 멋진 것이 있었다.

'문이 닫혔다고 길이 없는 건 아니야!'

사서 하는 고생

오후 9시가 넘어 래슨 화산 공원에서 나왔다. 한없이 이어진 길 양쪽으로 크고 멋진 나무들이 고르게 서서 배웅을 하고, 지평선 위의 하늘은 석양으로 붉게 물들어 있었다. 그런데 배가 고프다. 황홀한 드라이브도 주린 배를 어떻게 해주진 못한다. 여기저기 이동하다 보니 균형이 무너진 생활을 한 지가 오래였다.

저녁 11시가 넘어 산기슭 어느 마을에서 24시간 패스트푸드점을 발견했다. 그곳에서 저녁을 때우며 그냥 이 모습을 사진으로 남기고 싶어졌다. 어딘지 모르는 캘리포니아의 작은 산골짜기 마을 패스트푸드점에서 며칠째 같은 옷을 입고 햄버거로 늦은 저녁을 먹고 있다는 사실이, 왠지 웃기면서도 놀랍고, 놀라우면서도 추하고, 추하면서도 멋지고, 멋지면서도 보람 있게 느껴졌다.

"노숙자가 따로 없네."

혼자 사진을 보며 낄낄거리니 패스트푸드점 직원 아주머니가 이상하게 쳐다본다. 내가 봐도 이상한데 저 사람 눈에는 얼마나 이상해 보일까? 하면서 또 키득키득거린다.

'남들 눈에는 사서 하는 고생처럼 보여도 난 고생을 산 게 아니라 재미있는 이야기, 경험을 산 거야!'

Day 25

창밖으로 손을 내밀어
바다에서 불어오는 바람이 스치는 게
어떤 기분인지 모두 알까?

> "무한한 숲에는 기쁨이 있고,
> 외로운 해안에는 황홀함이 있다.
> 나는 인간이 싫지 않지만 자연은 더 사랑한다."
>
> – 바이런

전날 노숙을 했다. 새벽 2시쯤 잠에 들어 아침 10시가 넘어 일어났다. 아무렴 어떠한가! 지금 이 세상과 시간이 나를 중심으로 도는데!

바다와 삼림 사이

다시 길을 출발한 건 오전 11시. 레드우드 국립공원(Redwood National and State Parks)까지의 거리는 멀지 않았다. 레드우드 국립공원은 세계에서 가장 큰 나무인 레드우드 나무들이 자라나는 곳이다(세쿼이아 나무와 레드우드 나무는 같은 종의 나무라 한다). 구불거리는 산길을 따라가다 얼마 지나지 않아 바다가 나왔다. 아침에 눈을 떴을 때부터 바다가 가까이 있음은 예감할 수 있었다. 향긋한 숲 향기에 소금기를 품은 시원한 바닷내음이 섞여 코를 자극하고 있었기 때문이다. 길을 달리면서 창밖으로 손을 내밀어 바다에서 불어오는 바람이 스치는 게 어떤 기분인지 모두 알까?

해안가로 이어진 레드우드 공원의 한쪽 편에서는 힘찬 파도가 밀려오고 다른 편에서는 우거진 산림이 나를 불렀다. 어디를 먼저 갈지 행복한 선택을 해야만 했다.

"그래, 일단 산림이다!"

산림쪽 길인 볼드 힐스(Bald Hills)로 빠졌다. 길이 시작되자 마자 우거진 레드우드 나무들이 환영하듯 가지를 살랑살랑 흔들었다. 바다와 가까워서인지 옅게 안개가 꼈는데, 그 사이로 미세하게 보이는 숲의 모습엔 비밀스러운 아름다움이 있었다.

길을 오른 지 10분 정도 지나 레이디 버드 존슨 그로브 트레일(Lady Bird Johnson Grove Trail)이 나왔다. 바다와 가까운 레드우드 숲의 향은 독특하다. 깊게 숨을 들이키면 다른 자연에서는 느껴보지 못한 상쾌하면서도 독특한 냄새가 난다. 공기가 유독 촉촉해, 작은 이파리를 보면 이슬이 송골송골 맺혀 있다. 레드우드 산림은 분명 식물이 자라기에 풍요로운 환경이었을 것이다. 2시간 정도 트레일을 걷고 다시 해안가로 차를 돌렸다.

'이제 바다로 가볼까?'

말없이 바다

여행을 시작하고 바다를 직접 만나게 된 건 이번이 처음이어서일까? 거센 파도가 몰아치는 레드우드 바다를 바라보는 것만으로 진한 감동이 밀려왔다.

해안의 모래는 고우면서도 단단했고, 바위에 부딪치는 힘찬 파도는 하얀 거품을 쉴 새 없이 만들며 바다 위를 얼룩지게 했다. 갈매기들은 끼룩끼룩 소리를 내며 바다 위를 날다, 바위 위에 내려앉아 쉬었다. 마치 살아 움직이는 한 장의 수채화 같은 레드우드의 해안가 풍경이었다.

오늘은 그저 바다만 바라보며 말을 줄이고 싶다.

나의 무언가를 자연 속에 남기려고
자연을 훼손시키진 마.
추억과 감정은 모두 내 마음 속에만 꼭꼭 챙기면 되는 걸.

> "두려움과 외로움에 지친 사람들을 위한 최선의 치료법은,
> 하늘과 자연과 신과 나 혼자만이 있는 조용한 곳에서
> 가만히 순리를 느끼는 일이다."
>
> – 안네 프랑크

오리건 주에 위치한 크레이터 레이크 국립공원(Crater Lake National Park)은 7700년 전 화산 폭발로 생기게 된 호수가 산 정상에 위치해 있고 그 안에는 신기하게도 작은 섬이 있다. 이 섬은 마녀의 모자를 닮았다고 해서 '위저드 섬(Wizard Island)' 이라 불린다.

눈의 터널을 지나 크레이터 레이크로

캘리포니아를 벗어나 오리건 주로 들어가면서는 완연히 겨울이었다. 낮 최고기온 4도, 저녁 최저기온 -7도까지 떨어지는 3월 말의 날씨로 극심한 추위가 느껴지기 시작했다. 오리건 주에서는 한국처럼 직원이 나와 주유를 해줬다. 미국 생활에서는 셀프 주유에 익숙해 있었기에 이것도 하나의 신기한 점이었다. 크레이터 레이크와 가까워질수록 어느덧 눈은 내 키의 두 배 정도로 높이 쌓였고 나는 거대한 눈 터널이 된 도로를 달렸다.

크레이터 레이크에 도착했을 때 온 세상은 눈부시게 밝았다. 흰 눈에 햇빛이 반사되어 모든 게 반짝반짝했다. 공원 안내소의 건물은 2층 높이였지만 쌓인 눈에 반 이상이 잠겼다. 다행히 사람이 드나들 수 있는 통로가 있었다. 안내소에 들어가 레인

저에게 물었더니 여름 전까지는 눈으로 인해 공원 시설 대부분을 닫는다고 했다. 북쪽으로 이동해오면서 거의 모든 국립공원이 그렇단 걸 이젠 어느 정도 알았기에 문제가 되지는 않았다. 아쉽게 됐다는 레인저에게 말했다.

"난 관광이 아닌 여행을 하고 있어요. 명소가 아닌 자연을 만나러 왔어요. 꼭 가야 할 장소를 정해두지 않아 괜찮아요."

산 정상의 작은 바다

안내소를 나와 열린 길을 따라 호수의 전망을 볼 수 있는 림

빌리지(Rim Village)로 갔다. 단단하게 쌓인 3층 높이의 눈 언덕을 오르자 눈앞에 거대한 크레이터 레이크의 모습이 나타났다.

"와…."

할 말을 잃었다. 파란색과 하얀색으로 물들어 빛나는 세상에 작은 섬이 하나. 마치 미니어처 바다를 보고 있는 것 같았다.

고지의 바람은 볼에 닿을 때마다 살을 베는 것처럼 차가웠지만 공기에 시원함과 상쾌함이 있었다. 언덕을 걸어 나갈 때마다 눈이 허벅지까지 푹푹 들어갔다. 눈 언덕을 누비고 뒹굴며 한참을 크레이터 레이크의 자연을 느끼는 시간을 가졌다.

대략 1천만 년 전 화산 폭발 후 분화구에 물이 고이면서 만들어진 호수. 더욱 신비로운 점은 호수의 물이 다른 곳으로 흘러들어가지도 않고 또 비가 올 때를 제외하고 다른 물이 흘러오지도 않는다는 것이다. 또 이 호수는 겨울철에도 얼어붙지 않는다고 한다. 그동안 호수가 얼었던 적은 딱 한 번, 1949년이 마지막이라고 한다. 맑고 투명한 햇살이 호수를 통과하면서 짙은 푸른색을 만들어내는데 그 색채는 보는 이들을 완전히 홀리는 매력을 지니고 있다.

사라질 흔적, 평생 갈 추억

해가 질 때까지 크레이터 레이크에서 시간을 보내다 길을 내려가는데, 마치 하얀 스티로폼에 성냥개비를 고르게 꽂아 놓은 것 같은 숲이 보였다.

"이런 장면을 그냥 지나갈 수는 없지!"

눈밭에 털썩 누워 몸 자국을 새겼다. 아마 내일이면 그 흔적들은 희미해질 것이고 며칠 지나면 완벽히 사라져 내가 이곳에 왔단 증거조차 남지 않을 것이다. 하지만 내 몸 어딘가에 평생 잊지 못할 추억으로 담기게 될 테니 그것으로 행복하다.

반면에 자신의 흔적을 남기고 싶어 나무에 이름을 파거나 그림을 그리는 사람들도 있다.

나의 무언가를 자연 속에 남기려는 행동은 자연을 훼손시키는 행동이다. 추억과 감정은 모두 내 마음속에만 꼭꼭 챙기면 된다. 자연에게는 자연이 보여준 아름답고도 놀라운 것들에 예의와 경의를 표할 뿐이다. 그게 자연과 나 사이 절대적으로 지켜야 할 선이었다.

Day 29

옷이 날개라지만 날개를 단 사람에 따라
요정이 될 수도 있고 벌레가 될 수도 있어.

> "인생은 우연히 좋아지지 않는다.
> 변화로 인해 나아지는 것이다."
>
> — 짐 론

'내형적' 인간

여행 중반부, 오늘은 예약한 숙소에 조금 이른 체크인을 하고 가장 먼저 빨래를 했다. 그동안 쌓인 빨랫감이 생각보다 많지는 않았다. 이젠 한 번 입은 옷으로 3~4일은 기본으로 버틴다. 일을 할 때 옷을 많이 사는 건 아니었지만 약속이 있거나 비즈니스 미팅이 있을 때면 "오늘 뭐 입지?"를 고민했다. 겉으로 보이는 모습에 그래도 꽤 신경을 쓰는 편이었다. 하지만 여행을 하면서는 화려하고 깔끔한 차림새가 아닌 따뜻하고 편안한 옷을 추구하게 되었다. 남들 눈을 의식하지 않고 며칠 같은 옷을 입어도 상관이 없어졌다.

'옷이 날개다'라는 말이 있는데… 맞다. 어떤 옷을 입느냐에 따라 사람의 인상이 달라져 보인다. 하지만 그 날개를 단 몸의 주인이 어떤 사람이냐에 따라 요정이 될 수도 있고 바퀴벌레가 될 수도 있다.

나의 외형적 자태는 허름했지만 '내형적 자태'는 그 어느 때보다 밝고 에너지가 넘쳤다. 그렇기에 여행 중 만난 사람들에게 비치는 내 모습은 나쁘지 않았을 것이라 확신한다.

'그런데… 내일은 검은색 내복을 입을까? 밤색 내복을 입을까?'

Day 28

붉은 석양의 잔상이 진하게 남은 하늘 아래,
도시락을 꺼내 생애 최고의 저녁식사를 했어.
그런데 뭘까, 밥알과 함께 씹히는 이 조그만 외로움은…

바다와 밀림이 있는 올림픽 국립공원

올림픽 국립공원(Olympic National Park)은 미국 서북쪽 끝 워싱턴 주에 자리 잡고 있는 국립공원이다. '4년마다 한 번 열리는 올림픽 대회와 무슨 관계가 있나?'라고 생각할 수 있지만 그것과는 전혀 무관하다. 오래전 영국의 탐험가가 이곳의 산을 발견하고 이름을 올림푸스 산이라 지은 것에서 공원명이 유래되었다고 한다.

올림픽 국립공원으로 향하는 길은 꽤 멀었다. 지도상으로는 시애틀 바로 옆에 있지만, 공원의 삼면이 바다여서 배를 타거나 먼 길을 돌아야지만 도착할 수 있다.

올림픽 공원에서 처음 찾아간 장소는 반스 크리크(Barnes Creek) 트레일이었다. 트레일에 들어서니, 며칠 전 다녀온 레드우드의 자연과 흡사하지만 더 무게감이 느껴지는 분위기였다. 레드우드의 자연이 삼림이라면 올림픽은 순전히 밀림이다. 공원이 위치한 워싱턴 주가 미국 내에서 비가 가장 많이 오는 지역이기 때문일까. 땅은 얇은 스펀지를 깔아 놓은 것처럼 신발을 끌어당겼고, 나무 표면에는 무수한 이끼들이 자라고 있었다. 귀뚜라미 소리, 풀벌레들의 날갯짓 소리가 들려왔고 공기 속에는 습한 향이 났다. 이런 묵직한 자연은 처음이었다.

안내소에서 만난 공원 직원은 반스 크리크 숲속에 아름다운 폭포가 있다고 내게 귀띔해주었다. 그 이름은 '메리미어 폭포(Marymere Falls)'! 이름도 참 귀엽다고 생각하며 계속해서 반스 크리크 안쪽을 걸은 지 1시간째…

"어… 길이… 막혔네."

이런 일, 저런 만남

폭포로 들어가는 유일한 숲길에 큰 나무 하나가 쓰러져 길을 막고 있었던 것이다. 길옆에 흐르는 계곡을 타고 돌아가려 해봤다. 계곡물은 생각보다 더 급류였다. 몇 발자국 안 가 발을 헛디뎠고, 등산화 안으로 얼음장처럼 차가운 물이 들어와 양말, 신발이 홀딱 젖고 말았다.

"안 되겠다…."

허탈한 마음으로 폭포 대신 흐르는 계곡물과 우거진 나무들을 바라보며 한동안 시간을 보냈다. 길을 되돌아가는 길에 한 동양인 커플을 만나게 되었다. 혼자 여행하다 반가운 마음에 내가 먼저 "안녕!" 인사를 건넸다. 이야기를 나눠보니 내가 사는 샬럿 근처의 도시에서 여행 온 커플이 아닌가! 이런 우연이!

두 사람은 행복해 보였다. 진한 사랑의 냄새가 풀풀 풍기고 있었다. 나도 사랑해봤지만 두 사람을 만나니까 내 옆자리가 비어 있다는 것에 순간적으로 1퍼센트 부족한 사람이 된 것 같았다. 오랜만에 사랑의 감정이 그리워졌다.

노을 지는 올림픽 국립공원의 해안가

노을이 지는 올림픽의 해안가를 만나고 싶은 마음에 시간에 쫓기며 길을 달렸다.

이놈의 미국 땅은 뭐 이리 큰지… 공원 안에서 한 번 이동할 때마다 기본 1시간은 잡고 움직여야 하는 것에 투덜투덜. 가까스로 시간 맞추어 해안가에 도착할 수 있었다.

제임스 섬(James Island)이 보이는 해안가, 바다와 하늘 사이에 걸친 붉은 석양이 주변 세상을 황금빛으로 물들이고 있었다. 태양을 등진 섬의 실루엣은 현실 아닌 환상에서나 존재할 것 같은 모습이었다. 완전하게 해가 모습을 감추고 나서도 붉은빛의 잔상이 진하게 남은 하늘 아래, 점심때 사둔 도시락을 꺼내 저녁식사를 했다. 그 어떤 레스토랑과도 비교할 수 없는 천혜의 자연 속 레스토랑. 내 인생 최고의 저녁 식사는 오늘 이 순간이었다.

'근데 갑자기 손톱만큼 외롭네….'

Day 29

전 세계에서 가장 사랑받는 커피 체인점,
어른들의 테마파크인 스타벅스 리저브에서 맡은 진한 향은
절대 잊지 못할 거야.

> "때로 인생이란
> 커피 한잔이 가져다주는 따스함에 관한 문제이다."
> ─ 리처드 브로티건

매일 다른 장소로 이동하면서 기회가 되면 자주 들르는 장소가 있다. 안락한 의자와 아이스 아메리카노 한잔, 그리고 빠른 와이파이 인터넷이 있는 장소! 바로 커피 체인점인 스타벅스이다.

문화가 아닌 자연과 함께 하려는 50일이지만, 스타벅스는 내가 포기하지 못한 최후의 편리함이었다.

가보자, 스타벅스의 고향으로

올림픽 공원 지역에서 하룻밤을 보낸 후 나는 선택의 기로에 섰다. 다음 자연을 향해 달릴 것이냐? 아니면 시애틀로 갈 것이냐? 그동안 여행하면서 도시 생각은 전혀 안 났지만 딱 한 곳, 시애틀에는 내가 그냥 지나칠 수 없는 장소가 있었다. 바로 시애틀 스타벅스였다.

스타벅스는 시애틀의 한 커피숍에서 시작해, 전 세계에서 가장 사랑받는 커피 체인점으로 성장했다. 나 또한 스타벅스에 열광하는 팬의 한 명이다. 아니, 커피 한잔에 뭘 그렇게 열광하느냐고 의아해 할 사람들이 있겠지만 내가 스타벅스를 좋아하는 건 커피의 맛보다 스타벅스 브랜드의 철학과 추구하는 방향, 그리고 섬세함 때문이다.

스타벅스가 생기는 장소마다 늘 아늑한 환경이 제공되고, 매 시즌마다 새로운 변화를 추구하는 모습이 보인다. 각 매장마다 지역사회에 어울릴 만한 인테리어와 매장 규격, 서비스를 고민하는 섬세함이 있다. 이런 가치 있는 브랜드를 탄생시킨 도시가 시애틀이다. 시애틀 안에는 스타벅스 1호점과 스타벅스 리저브가 있었기에, 고민하다가 시애틀 스타벅스 리저브로 행선지를 정했다.

커피계의 테마파크

나와 내 차를 실은 배는 바다를 가르며 시애틀로 향했다. 1시간 정도 후 항구에 도착해 차를 내렸고, 그렇게 가보고 싶었던 스타벅스 리저브를 드디어 내비게이션에 입력했다.

스타벅스 리저브는 기존의 스타벅스 매장과는 다르게 원두를 직접 볶으며 추출해내는 과정을 보고 시음할 수 있는 매장이다. 또 이곳에서 판매되는 커피 원두는 극소량만 재배되어 한정 기간 동안 판매된다. 듣기로는 상위 3퍼센트 품질의 원두를 사용한다고 한다. 어린이들이 디즈니 테마파크를 동경하듯이 커피를 사랑하는 사람이라면 꼭 한 번 가보고 싶은 커피계의 테마파크인 셈이다.

하얀색 타일로 된 건물 외곽과 나무로 된 문, 그리고 깔끔하게 쓰인 스타벅스 리저브의 간판이 눈에 띄었다. 그럼 내부는 어떨까?

내부 시설은 모던하면서 친환경적인 분위기가 물씬 풍겼다. 모든 테이블과 선반은 나무로 만들어졌고 건물 안에는 의자와

소파가 즐비했다. 수십 명의 바리스타들이 즉석에서 손님들이 주문한 커피를 내려주었고, 건물 뒤쪽으로 원두가 로스팅 되는 생산과정을 지켜볼 수 있게 했다. 건물 안에는 진하고 향긋한 커피 향이 났다. 커피를 좋아하는 나로서는 최고의 장소였다.

스타벅스 리저브 안을 왔다 갔다 돌아다니며 판매 제품들을 만지작거리고 원두가 구워지는 모습과 커피 내리는 모습을 보며 시간을 보냈다. 여유 있게 커피 한잔을 시켜 맛을 봤다.

'헉!'

눈이 번쩍 뜨이는 맛, 이렇게 다를 수가…. 그날 직접 구운 원두 한 팩을 홀리듯 샀다. 지인들과 부모님께 선물할 컵 세트와 액세서리까지 구입하고 나서야 스타벅스 리저브를 나올 수 있었다.

'이얏호~ 집에 가면 내려 마셔야지! 헌데… 지갑이 가벼워지고 말았네….'

Day 30

자연을 앞에 둔 감정의 시작은 놀라움이었지만,
오늘은 뜻밖에도 가슴이 꽉 차 목이 메는 기분이야.

"이제 20일 남았구나."

여행이 시작된 지 30일이 되는 날 아침, 입밖으로 나온 첫마디였다. 그 시간을 달려온 나 스스로가 기특하기도 하면서 이제 절반도 안 남은 여행이 벌써부터 아쉬워지는 그런 아침. 다시 시동을 걸었다.

구불구불 산악, 노스 캐스케이드

오늘 향하는 자연은 미국 서부지역 가장 위쪽에 위치한 노스 캐스케이드 국립공원(North Cascade National Park)이다. 워싱턴 주의 노스 캐스케이드 국립공원은 캐나다와 미국의 국경에 걸쳐 있으며 미국에서 가장 산악 지역이 잘 보전되고 있는 공원이기도 하다.

가는 길이 한산하다 싶었더니, 아니나 다를까 모든 시설의 문이 닫혀 있다. 하지만 이젠 너무도 익숙하게 공원 정중앙으로 뚫려 있는 길을 따라 느긋하게 드라이브를 했다.

오늘의 계획은 서쪽에서 출발해 남쪽 출구로 나가는 것이다. 달리는 길옆으로 강이 흐르고, 건장한 노스 캐스케이드 산맥들의 정상에는 만년설원이 고고하게 빛을 받고 있다.

북쪽 끝, 폭포 속으로

얼마나 달렸을까? 차창을 열고 시원한 바람을 맞고 있는데 '쏴아~' 하는 물소리가 들려왔다. 주변을 두리번거리며 속도를 늦추다가, 15층 건물을 훌쩍 뛰어넘을 높이의 암벽 위에서 내리치는 시원한 폭포를 보았다. 흘러내린 물줄기가 암벽에 부딪혀 갈라지면서 멋진 장면을 연출하고 있었다. 비상시를 대비해 구입해 둔 일회용 비옷을 꺼내 입고 홀로 폭포 속으로 걸어 들어갔다.

거센 폭포수가 손에 닿았을 때, 그 자연의 생동감을 어떻게 설명해야 할까? 폭포의 수증기가 몸속을 휘도는 짜릿한 감각이, 다시 한 번 내가 살아있음을 느끼게 한다.

의외의 감정, 뭉클함

물에 젖어 기분에 젖어 시간 가는 줄 몰랐다. 서둘러 차 안에 올라타 몸을 녹여 보았다. 홀로 여행할 땐 자칫 잘못해서 작은 무리라도 할 경우 건강에 이상이 생기므로 늘 조심해야 한다. 자연 앞에 욕심을 부리는 순간 자연은 아름다움이 아닌 위험으로 다가오기에….

다시 길을 달려 노스 캐스케이드의 멋진 풍경이 보이는 디아블로 레이크(Diablo Lake)에 도착했다. 아무도 없는 거대한 공원 안에 홀로 바라보는 디아블로 레이크와 노스 캐스케이드의 산맥. 왠지 모를 뭉클함이 있었다. 그동안 참 작은 우물 안에서 살고 있었단 생각 반, 지금 내가 보는 이 자연 또한 극히 일부분에 불과할 것이라는 생각 반….

Day 31

어떤 삶을 살고 싶은지 알게 된 순간
삶은 남들과의 경쟁이 아닌 자신과의 싸움이 되었어.
그러나 그 싸움은 결코 날 상처 입히지 않아.

"으… 춥다."

차가운 입김이 나는 아침 차 안에서 눈을 떴다. 4월초 미국 북부 지방은 아직 겨울이다. 두꺼운 패딩 점퍼, 그 위에 두터운 침낭을 꽁꽁 싸매고 잠이 들어도, 차갑고 시린 공기를 견뎌내기는 꽤 힘들다. 이 정도면 자칫 잘못 잠들었다가 입이 돌아간다 해도 이상하지 않을 추위다. 핫팩 네 개를 패딩 점퍼 양쪽 주머니에 하나씩, 등 쪽에 하나, 발치에 하나 놓고 나서야 잠을 청할 수 있다. 좀 우습게 들려도 실제 그 상황에서는 진지할 수밖에 없는 생존 본능이다.

추운 날씨에 몸의 컨디션이 좋지 않을 때 욕심을 부리는 건 위험하다. 오늘은 그냥 숙소를 잡아 몸을 녹이며 내가 생각하는 '꿈'을 털어놓고 싶다.

당신의 꿈은?

어릴 적 내 꿈은 과학자였다가 만화가, 미술가, 조각가, 기타리스트, 영화감독, 작곡가로 계속해서 달라졌다. 그러다 20대에 접어드는 순간 그동안 꿈이라 생각했던 게 정말 꿈이 맞나? 하는 회의가 들었다. 특정한 직업이 꿈이라 생각하면 너무나 허무하게 느껴졌다.

1년 정도 방황을 하면서 꿈을 찾아 헤맸다. 결과적으로 깨닫게 된 사실은, 내가 되고 싶던 것들은 꿈이 아니라 목표이며, 과학자부터 작곡가를 아울렀던 그 목표들로부터 내 꿈이 무엇인지를 파악해야 한다는 것이었다.

'내가 만든 무언가를 통해 다른 사람에게 영감을 줄 수 있는 사람'. 내가 발견한 꿈은 이랬다. 지금 내 직업은 사진작가이지만 이는 꿈이 아니다. 사진을 찍는 일은 단지 내가 꿈꾸는 삶에 필요한 도구였기 때문에, 그 도구를 집어 들고 앞으로 나아간 것이다. 직업 사진가로서 자리를 잡기까지 힘든 시간들을 견디며 살아왔다. 하지만 내 꿈을 정확히 알았고, 경쟁할 대상은 다름 아닌 나 자신이라는 확고한 믿음이 있어 결코 포기하지 않을 수 있었다.

어떤 직업을 가질지보다 어떤 삶을 살지부터 생각해보자. 자신이 어떤 사람이 되고 싶은지 알게 되는 순간 삶은 남들과의 경쟁이 아닌 자신과의 싸움이 될 것이다. 그러나 그 싸움은 날 상처 입히지 않고 성장시키기만 할 것이다. 믿자, 나 스스로를.

역시 아름다운 장소에 빠질 수 없는 건 커플…
아니 사랑이야.

> "길을 떠난 이가 발을 조심하지 않으면
> 어디로 어떻게 휩쓸려갈지 알 수 없다."
>
> – J. R. R. 톨킨

아름다운 곳엔 아름다운 사람들이 있다

"세상에… 이렇게 아름다운 호수가 있다니….""

글레이셔 국립공원(Glacier National Park)에 들어와 탄성을 질렀다. 몬태나 주 북쪽 끝에 위치하며 캐나다 국경지역에 걸쳐 있는 글레이셔 국립공원. 빙하(Glacier)라는 이름답게 만년설과 에메랄드빛의 맑은 호수와 강이 아름답게 자리 잡고 있는 자연이다.

글레이셔 안으로 들어가자 얼마 안 있어 거대한 호수인 레이크 맥도널드(Lake McDonald)가 모습을 드러냈다. 주변의 산과 하늘을 거울처럼 비추는 투명함에 감탄하며 레이크 맥도널드 입구에서만 1시간을 넘게 보냈다.

호수 옆으로 나 있는 길을 달리면서 우연히 한 커플을 만났다. 젊은 남녀가 서로 껴안고 호수를 바라보는 모습이 새삼 부러워 순간적으로 사진을 찍고 싶어졌다.

"저기요! 두 분의 모습이 너무 아름다워서 그런데 사진으로 담아도 될까요?"

"아… 좋아요!"

커플은 약간 당황한 듯 보였지만 밝게 웃으며 나의 모델이 되어주었다. 멋진 자연을 배경으로 커플에게 몇 가지 포즈를 주문했다. 두 사람은 부끄러운 기색 없이 껴안기도 하고 달콤한 키스도 했다. 이름도 물어보지 못한 게 조금 아쉽긴 했지만 너무나 아름다운 사진이 남았다.

사건의 발생

글레이셔 공원을 나와 공원 옆에 위치한 캘리스펠(Kalispell)이라는 마을에 정차했다. 미국의 작은 시골 마을 느낌인 이곳은 1~2층 높이의 나직한 상가들이 많았고 거리에도 중년과 노년의 사람들이 대부분이었다. 천천히 주행하며 주위를 살피던 나의 레이더에 중국 음식점이 포착됐다.

며칠 동안 느끼한 미국 음식 아니면 인스턴트로 배를 채웠는데 이런 외진 곳에서 중국 음식점을 만나다니! 오랜만에 기름지고 매콤강렬한 중화요리를 먹을 수 있다는 생각에 덩실덩실 신이 나 무려 3인분을 시켰다. 일행도 없는데 의아하던 종업원의 표정도 아랑곳 않고, 기름이 좔좔 흐르는 음식을 마구 입에 넣었다. 푸짐했던 그릇의 절반 이상이 뱃속으로 흔적도 없이 사라진 뒤 나는 오늘 찍은 사진을 아이패드에 저장하며 여유를 부렸다. 저녁 8시쯤에야 부랴부랴 식당을 나와 다음 장소로 이동했다.

2시간 동안 어두운 숲길을 홀로 달리다 뭔가 기분이 찜찜했다.
'뭐지? 이 허전한 느낌은?'

헉… 내 아이패드가 없다! 차를 세워 짐을 뒤져보지만 보이지 않는 아이패드. 기억을 더듬으니 식당을 나오기 직전, 화장실 세면대에 아이패드를 두고 온 것이 생각난다. 서둘러 식당

에 전화를 걸어보려 했지만 통신 불가 지역. 다시… 돌아가야 한다…. 여행 기간 내내 저장해둔 기록들이 너무 많았다. 한숨을 깊게 쉬고 차를 돌렸다. 새벽 1시, 식당 앞에 도착해 굳게 닫힌 문 앞에서 하룻밤을 보내야만 했다.

어쩌면 우연과 운명은 종이 한 장 차이란 생각이 들어.
행운 또한 우연이 아니라
내가 걸어온 발자취를 따라 다가온 운명이 아닐까?

아침 9시에 잠에서 깨어났다. 불안감에 깊은 잠을 못 이뤄 피
곤했지만 지금 중요한 건 잠이 아니었다. 하얀 입김을 뿜으며
길 건너 중국 음식점에 총총걸음으로 다가갔다. 여전히 문은
굳게 닫혀 있었다.

"도대체 언제 문을 여는 거야!"

처절하게 절망적인 순간

짜증 섞인 말투로 혼잣말을 내뱉다 식당 문에 쓰인 개장시간
을 발견했다. 오전 11시. 당연했다. 브런치 카페도 아니고 어떤
식당이 아침부터 문을 열겠는가? 또 한숨을 쉬고 주차장에서
2시간을 기다릴 수밖에 없었다. 유독 느리게 흘러가는 시간을
견디며 어느덧 11시가 다가왔지만 뭔가 이상했다. 30분 전에
도, 15분 전에도, 5분 전에도 식당을 찾는 사람이 없었다. 입구
에 다가가 개장시간을 다시 유심히 보자 아래에 깨알 같은 글
씨가 있다.

「Monday CLOSE(월요일은 쉽니다.)」

볼을 꼬집고 눈을 비벼 봐도 글씨는 달라지지 않았다. 막막
해져 10분간을 멍한 상태로 있었다. 수많은 생각이 들었지만

결국 하루를 더 기다리기로 했다. 왜냐하면 다른 방법이 없었다. 결정을 하고 한숨을 푹 쉬는데 휴대전화에 진동이 울렸다. 메시지였다.

「형, 지금 캘리스펠에 있어?」

행운이 따르는 운명

고등학생 때 알게 된 승준이라는 동생이 있다. 학교를 졸업하던 시기부터 8년 넘게 서로 연락을 주고받지 않았다. 그런데 멀지 않은 지역에서 신학 공부를 하고 있던 그가 페이스북을 통해 내 상황을 알게 됐고, 먼저 용기 있게 연락을 준 것이었다. 자신이 머물고 있는 캠퍼스에 와서 식사와 숙박을 해결하라는 얘기였다. 그날 오후, 승준과 8년 만에 재회를 했다. 웃으며 나를 맞이해주는 동생과 그동안 어떻게 살았는지부터 시작해 한없이 많은 이야기를 나눴다.

인생은 참 아이러니하다. 생각지도 못한 안 좋은 사건이 일어나고 어떻게든 그 일을 스스로 해결하려 해도 안 될 때가 있다. 오늘처럼. 하지만 오래전 누군가와의 작은 인연을 통해 나는 절망의 구렁텅이에서 빠져나올 수 있었다. 최악의 상황은 최고의 멋진 상황으로 한순간에 역전되고 있었다.

어쩌면 우연과 운명은 종이 한 장 차이일 뿐이란 생각이 들었다. 행운 또한 우연히 생긴 게 아니라 내가 살아온 발자취에 따라 운명적으로 다가온 것일 수 있다. 생각하기 나름이다. 단순한 우연으로 생각하며 살아가든지, 아니면 운명을 믿는 행운아로 살아가든지. 다만 무엇을 믿고 앞으로 나아가느냐에 따라,

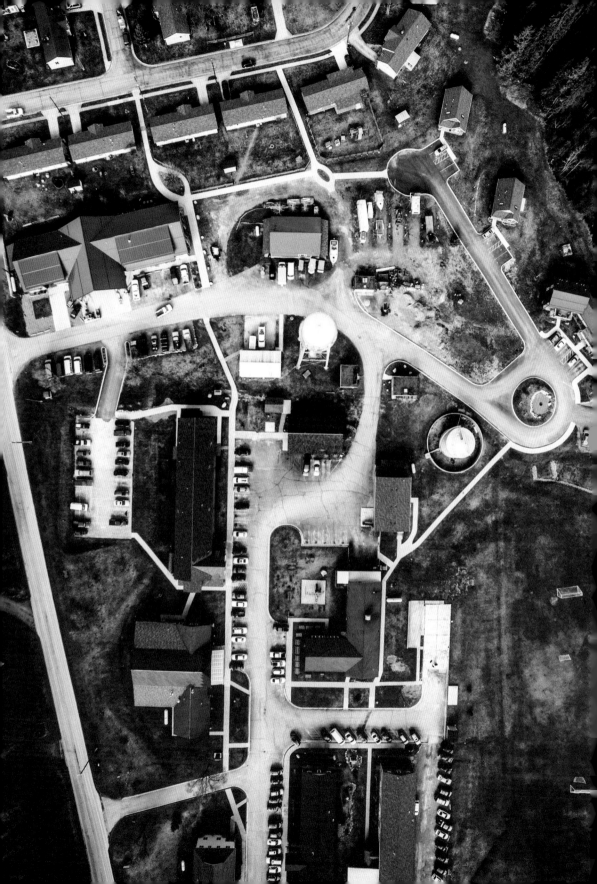

믿는 대로 말하는 대로 이루어질 확률은 높아진다.

나는 어떤 얼굴을 하고 있나?

저녁을 먹고 나서 승준은 나에게 학교 사람들을 소개시켜 주었다. 대부분 미국 학생들이었지만 다른 국적의 사람도 많았다. 다양한 사람들이 어우러져 생활하는 모습은 마치 작은 지구촌과 같았다. 서로를 배려하는 게 너무도 확연한 이들의 표정에는 미소가 떠나지 않고 있었다.

도시에서 나는 어떤 얼굴을 하고 지냈을까? 진한 사람 냄새가 나고 행복감이 느껴지는 얼굴이었을까? 아마 그렇지 않았을 것이다. 행여 웃더라도 어느 정도는 억지였을 것이다. 내 진심을 다 보여주면 내가 불리해지는 느낌, 지는 느낌이 들었기 때문에 더 강하고 뛰어나게 보이고 싶어 더 행복한 사람인 척했다. 난 약점을 보이기 싫었다.

하지만 이 작디작은 시골 마을에 공부하러 모인 사람들에게는 나와는 완전히 다른 행복이 있었다. 배려가 있고 선의가 있고 기쁨이 있고 화합이 있었다. 무엇이 그들을 그렇게 만드는지 정확히 알 수는 없었지만, 그들의 모습이 나에게 어떤 감동을 준다는 건 확실했다.

Day34

언제 어디서 어떤 놀라움을 맞게 될지 아무도 모르는 인생.
그렇기에 계속해서 나아가야지만
지금처럼 값진 순간을 맞이할 수 있나 봐.

"육지를 잃어버릴 용기가 없다면
대양을 발견할 수 없다."

– 앙드레 지드

편안한 아침이었다. 따뜻한 방, 크고 푹신한 침대, 밤잠 한 번 설치지 않은 간만의 숙면. 몸이 한결 가벼워진 느낌으로 하루가 시작되었다. 잠자리와 식사를 제공해준 동생에게 내가 줄 수 있는 선물, 한국 라면과 카레, 즉석 밥 몇 개를 봉지에 담아 건넸다.

고마운 이와의 작별을 뒤로하고, 일단 무엇보다 중국 음식점으로 향했다. 영업을 막 시작하는 시간이어서 나의 소중한 아이패드를 바로 찾을 수 있었다. 행운의 여신이 나와 함께하고 있는 느낌이다!

옐로스톤, 모델과의 조우

오늘 향하는 자연은 와이오밍 주에 위치한 옐로스톤 국립공원(Yellowstone National Park)이다. 유네스코 세계유산으로 지정돼 있는 옐로스톤 국립공원은 수많은 간헐천과 온천이 존재하고, 다양한 야생 동식물들이 살아가는 땅이기도 하다. 글레이셔 국립공원 지역에서 600킬로미터가 넘는 거리. 시간적으로는 7시간 정도 걸린다. 하루 종일 운전을 해서 오후 5시가 넘은 시간에 옐로스톤에 도착했다.

공원 들판에는 사슴들이 저녁식사 중이었다. 사람에 대한 경계심이 없는 듯 도로 옆에서 느릿느릿 풀을 뜯어 먹는다. 차를 멈추고 인사를 건네어도 들은 척 만 척하며 식사를 즐기신다. 한 번 아는 척 좀 해주지….

얼마 더 가지 않아 이번에는 거대한 버펄로를 만났다. 사람 머리 두 개 크기의 버펄로 머리에는 뿔이 나 있고 거대한 몸에선 위압감이 느껴졌다. 하지만 느릿한 걸음과 어정쩡한 표정으로 봤을 때 초식동물임은 확실해 보인다. 버펄로 역시 쉴 틈 없이 풀을 뜯어먹고 있었다.

버펄로 무리를 지나자 크고 아름다운 뿔을 가진 엘크 사슴이 나타났다. 말보다는 약간 작고 양보다는 큰 크기에, 곱게 하늘로 뻗은 위엄 있는 뿔, 똘똘한 눈과 잘생긴 귀를 가진 엘크의 모습은 치명적으로 매력 있었다.

길가 옆에 차를 세우고 엘크를 한없이 바라봤다. 레드우드 국립공원에서 잘만 하면 엘크를 볼 수 있다는 소문을 들었지만 허탕이었는데, 여기 와서 엘크를 만나게 될 줄은 몰랐다. 인생이란 건 아무도 모른다. 언제 어디서 어떤 놀라운 상황을 맞게 될지 예측조차 할 수 없기에, 계속해서 나아가야지만 이처럼 값진 순간을 맞이할 수 있나 보다.

한 걸음 한 걸음 조심스럽게 엘크 쪽으로 다가갔다. 어느덧 나와 엘크의 거리는 열 발자국 내외로 좁혀졌다. 그 이상 다가가지 않는 것이 선을 넘지 않는 것임을 직감적으로 알 수 있었다. 걸음을 멈추자 엘크는 나에게 시선을 맞췄고 나는 싱긋 웃으며 엘크를 바라봐주었다. 엘크의 표정에서 '딱 거기까지! 거기서 나를 지켜봐 줘'라는 말을 읽었다.

조심스럽게 엘크의 모습을 찍기 시작했다. 엘크는 다양한 각

도를 보여줬고 엘크 자신도 모델이 되는 것을 즐기는 듯 보였다. 그렇게 20분. 엘크는 만족했다는 듯 뒤돌아, 계곡을 넘어 서서히 멀어져 갔다. 나 또한 더 이상 엘크를 귀찮게 하고 싶지 않았다. 좋은 기분으로 엘크와 이별하고 다시 차에 올랐다. 이젠 자연과 교류하는 법에 익숙해진 느낌이랄까?

Day 25

국립공원이 아닌 국립휴양지를 가게 될 줄은
생각도 하지 않았어.
그렇지만 이젠 왠지 모른다는 것이 두렵지 않아.

> "인간의 삶에서 가장 기쁜 순간은
> 알 수 없는 땅으로 출발할 때라고 생각한다."
>
> – 리처드 버튼

옐로스톤에서 맞이하는 아침, 차 안 유리에는 서리가 가득 끼어 있다. 양 볼에 느껴지는 차가운 공기 때문에 따뜻한 침낭을 벗어나고픈 생각이 안 든다. 10분 정도 눈을 껌뻑이다 게으름을 다 피우고 나서야 차 밖으로 나왔다.

상쾌함보다는 으스스함이 느껴지는 아침 공기였다. 별똥별의 향연으로 장관이던 어젯밤의 하늘과 달리, 오늘은 구름이 가득 끼어 있다. 하지만 비가 올 것 같지는 않았다.

천연 온천에 발을 담그다

차를 끌고 매머드 핫 스프링(Mammoth Hot Springs)에 위치한 공원 안내소로 향했다. 국립공원의 안내소들은 보통 아침 9시부터 저녁 5시까지 운영을 하기에 전날에는 정보를 들을 수 없었다. 아침 10시쯤 도착한 안내소에는 나와 여행객 일가족 세 명이 전부였다.

"안녕하세요. 국립공원 여행 중인데 지금 옐로스톤은 어떤 시설까지 이용이 가능한가요?"

"아! 안녕하세요! 어서 와요!"

30대 후반의 나이로 보이는 여성 직원은 나를 반갑게 맞이

해주었다.

"안타깝게도 현재 옐로스톤의 절반 이상의 시설이 개장하기 전이랍니다."

알고 보니 내가 방문한 바로 다음 주말이 옐로스톤 국립공원의 시설이 풀리는 날이라고 한다. 다음 주까지 기다릴 수 있는 처지가 아니었기에, 직원이 추천해준 온천이 흘러나오는 계곡이라도 들려보기로 했다.

공원 출구에 자리 잡고 있는 천연 온천은 차를 세워두고 20분 정도 걸어가야 만날 수 있는 장소였다. 이미 다섯 명의 젊은이들이 수영복을 입고 온천에서 맥주를 마시고 있었다. 나 또한 따스운 온천물에 몸을 담그고 싶은 마음 백배였지만, 여분의 옷과 수건을 들고 오지 않은 걸 엄청 후회하며 발만 담갔다.

신기한 게 물의 온도가 다 다르다. 온천수가 흘러나오는 쪽에 가까울수록 살이 델 정도로 물이 뜨겁다. 또 정반대 방향으로 가면 얼음장처럼 차가운 물이다. 딱 중간 지점, 기분 좋은 뜨끈뜨끈한 물이 있는 곳에서 발의 피로를 풀 수 있었다.

옐로스톤을 나와 다음으로 어떤 곳으로 가야 할지 선택해야 했다. 하나는 북쪽에 다른 하나는 남쪽에, 비슷한 거리로 자리 잡고 있었기 때문이다. 남쪽으로 가는 길에 빅혼 캐니언 국립휴양지(Bighorn Canyon National Recreation Area)란 곳이 보였다. 휴양지라… 잠깐 들렀다 갈까.

국립공원 위주로 여행하고 있으니 국립휴양지를 가게 될 줄은 생각도 기대도 하지 않았었다. 생전 처음 들어보는 장소. 어떤 자연이 숨 쉬는지 예상할 수조차 없다.

'…일단 가보면 알겠지.'

Day 36

신대륙을 발견한 콜럼버스가 이런 느낌이었을까?
숨겨진 보물 상자를 찾아낸 사람처럼 가슴이 부풀었어.

국립공원이 아닌 자연, 빅혼 캐니언 국립휴양지

"여보세요. 아무도 없나요?"

옐로스톤을 나와 몬태나 주의 90번 국도에서 3시간을 운전해 도착한 빅혼. 오는 길의 드넓고 황량했던 분위기만큼이나, 문을 열고 들어간 안내소 안은 고요했다. 잠시 뒤 30대 초반으로 보이는 여성 직원이 안내 데스크로 다가왔다.

"안녕하세요. 무엇을 도와드릴까요?"

직원은 오랜만에 사람을 만나 반가운 표정이었다.

"공원 지도랑 정보를 좀 얻고 싶어서요."

직원은 웃으며 공원 안에 가볼 만한 장소와 야생말이 들판을 뛰어다니는 모습을 볼 수 있는 곳, 캠핑장에 수도 시설이 없으니 물을 떠가라는 팁 등을 알려주었다. 한 사람의 친절 덕분에 별 생각 없이 찾아온 빅혼에 왠지 모를 기대가 되기 시작했다.

먼저 둘러본 장소는 홀슈 벤드(Horseshoe Bend), 즉 말굽 협곡이라는 모래사장이 있는 강가였다. 놀라웠다. 붉은색 땅 위로 언덕들이, 그 옆에는 빅혼 강이 자리 잡고 있어 마치 영화에서 보던 이집트에 와 있는 기분이 들었다. 하늘은 오늘따라 어찌나 푸르던지. 아래로는 붉은 땅이 위로는 푸른 하늘이 근사한 대비를 연출하고 있었다.

악마의 협곡에서

어떤 말로 설명해야 할까? 눈앞에 보이는 자연의 모습은 충격적이었다. 분명 아까까지 평지 위였는데 지금 나는 아찔한 절벽 위에 서 있다. 절벽 아래 U자로 굽이치는 거대한 강이 세 갈래로 갈라지고 있었다. 고요하기는 얼마나 고요한지 주변에서 들려오는 건 거짓말같이 잔잔한 바람 소리뿐.

데블 캐니언 오버룩(Devil Canyon Overlook), 이곳의 이름처럼 절벽 끝에 앉아 악마 같은 아름다움을 두 눈으로 만끽했다. 큰 소리로 "야호"를 외치자 빈 공기를 뚫고 내 목소리만이 되돌아왔다. 신대륙을 발견한 콜럼버스가 이런 느낌이었을까? 유명한 국립공원도 아닌데 이런 장소가 있다니. 숨겨진 보물 상자를 찾아낸 사람처럼 가슴이 뛰었다.

뭔가 특별한 기분은 캠핑장에 가서도 이어졌다. 단출하게 서 있는 캠핑카 두 대에서 50대 후반으로 보이는 노부부만이 캠핑을 하고 있었다. 아는 사람만 알고 찾아올 수 있는 장소란 걸 확인할 수 있었다.

캠핑 이용료는 7달러였다. 내가 원하는 캠핑장 번호를 봉투 겉면에 적고 이용료를 넣은 봉투를 통에 집어넣으면 끝이었다. 텐트를 친 뒤 주변 산책을 하러 강가로 갔다. 너무도 유유자적 흐르는 강. '여길 아는 사람이 몇이나 될까?' 나도 정말 우연하게 발견한 장소이고 인터넷을 찾아도 정보가 별로 없다. 더더욱 세상과 동떨어진 기분이다. 캠핑장으로 돌아와 모닥불을 지피고 저녁식사를 준비했다. 어느덧 수많은 별이 밤하늘에 가득 차기 시작했다.

Day 37

여행을 다니며 세상을 대하는 마음이 순수해질수록
진짜 멋진 사람을 알아보는 눈을 갖게 돼.

> "세상은 한 권의 책이며,
> 여행하지 않는 사람들에게 세상은
> 한 페이지만 읽은 책과 같다."
>
> – 세인트 오거스틴

살이 조금 빠졌나? 아침 산책을 하다가 계속 입던 바지가 약간 헐렁하단 걸 느꼈다. 눈으로 보이는 모습에 차이가 생긴 것은 그만큼 내 삶에도 변화가 있다는 뜻이다.

빅혼의 아침

텐트 분리를 일사천리로 해치우고 나서 다시 길을 달렸다. 사방의 창문을 모두 열고 시원한 바람을 맞으며 음악과 함께 바라보는 빅혼 캐니언. 이 순간만큼은 서부 영화 주인공이 된 듯한 기분이다.

얼마 안 있어 야생마 무리가 나타났다. 넓은 들판과 언덕이 펼쳐진 빅혼 캐니언은 말이 자유롭게 달리고 서식하기에는 최고의 장소였다. 가파른 언덕 위를 쉬엄쉬엄 올라가는 야생마들은 그동안 봐온 훈련된 말들과는 확연히 달랐다. 걸음에 힘이 느껴졌고 표정과 자태에 자신감과 자유로움이 있었다. 그저 가장 말다운, 있는 그대로의 모습이라고 할까? 어떤 허세도 훈련의 습관도 붙지 않은, 진짜 말을 보았다.

좋은 사람

저녁 7시가 넘어 사우스다코타 주의 윈드 케이브 국립공원
(Wind Cave National Park) 안으로 들어왔다. 부랴부랴 캠핑장
을 잡아 텐트를 치고 저녁식사를 준비했다.

캠핑장 안에 있는 사람은 나와 남녀 커플, 그리고 50대의 미
국 아저씨였다. 늦은 시간 큰소리를 내거나 방해를 하는 것은
캠핑인의 예의가 아니다. 조용히 모닥불을 지피고 인스턴트 요
리를 데우던 중에, 아저씨가 다가와 내게 인사를 건넸다.

"안녕하시오. 젊은이 혼자 캠핑 왔소?"

"안녕하세요. 네, 혼자 여행을 다니고 있답니다."

싱긋 미소를 띠며 살갑게 말을 걸어준 아저씨는 누가 봐도
좋은 사람처럼 보였다.

"아저씨도 혼자 여행 오셨어요?"

"그렇소. 아들이 함께 다녔었는데 워낙에 멀리 살아서 지금은
나 혼자 여행을 종종 다니고 있지."

아저씨는 오하이오 주에 살며, 나처럼 장기 여행은 아니지만
시간이 날 때마다 차를 몰고 이곳저곳 여행을 다닌다고 했다.
내가 사회에서 이분을 만났다면, 아마 이런 생각이 들었을 것
같았다. '아내는 어디 있고?' '가족은 어쩌고?' '이혼했나?' '무
슨 아픔이 있어 혼자 여행하나?' 등등의 질문, 질문들. 하지만
지금 내가 아저씨한테 느낀 감정은 단지 '멋지다'는 것이었다.
어느 정도 나이가 들어서도 자기 인생을 살고 있는 모습을 본
받고 싶었다.

우리는 여행하는 동안의 사건사고 이야기로 수다 삼매경
에 빠졌다. 내가 찍은 사진들을 아저씨에게 보여주기도 했다.

해가 질 때쯤 아저씨는 나에게 행운을 빈다며 엄지를 척 치켜
세운 뒤 자신의 캠핑지로 돌아갔다.

윈드 케이브의 밤하늘을 바라보면서 세상에 참 멋진 사람들
이 많다고 생각했다. 마음이 평화로워지면 진짜 멋진 사람을
알아보게 되는 것 같다. 여행을 떠나기 전엔 내 주변에 멋진 사
람을 알아보기 힘들었다. 가장 큰 이유는 나한테 있었다. 내면
보다는 그 사람의 겉모습을 봤다. 나 또한 보이는 모습에만 신
경 썼다. 멋진 사람이 아닌, 멋져 보이고 싶은 사람이었던 것이
다. 하지만 지금은 다르다. 내 눈에 진짜 멋진 사람들이 보일수
록, 나도 점점 진짜로 멋진 사람이 되어가고 있는 것 같다.

Day 38

동굴보다 동굴 밖에 펼쳐진 들판이
더 마음에 드는 장소, 윈드 케이브.
이곳에서만큼은 특별한 무언가가 아닌
여유와 힐링을 찾고 싶어.

> "그냥 살아가는 것으로는 충분하지 않다.
> 사람에겐 햇빛과 자유와
> 작은 꽃 한 송이가 있어야 한다."
>
> – 한스 크리스티안 안데르센

윈드 케이브는 1881년 발견된 동굴이 있는 국립공원이다. 이 지역에 살고 있던 톰 빙햄, 제시 빙햄 형제가 사냥을 나왔다가 바람이 나오는 구멍을 처음으로 발견했다고 한다. 그때부터 사람들이 몰려들었지만 정작 동굴 탐사가 시작된 시기는 10년 후인 1891년부터다. 미국에서 세 번째로 긴 동굴로 알려져 있지만 아직까지 동굴의 전체 규모는 확정할 수 없으며 계속해서 탐사가 진행되고 있다.

바람이 불어오는 동굴

윈드 케이브의 안내소는 오전 10시에 개장했다. 크지는 않았지만 내부에 공원 정보관과 작은 박물관이 갖춰져 있다. 칼즈배드처럼 투어 신청을 해야 해서, 30분 정도 기다려 일행 열다섯 명 정도가 모인 후에야 동굴을 향해 들어갈 수 있었다.

입장하는 길 중간에 작은 구멍이 나 있었는데, 그곳에서 나오는 바람을 느끼는 체험을 했다. 강하고 서늘한 바람이었고 바람의 속도에 따라 구멍에서 '쉬~' 하는 작은 소리가 '쿠오오' 하는 큰 소리로 변하며 들려왔다. 곧 투어 일행은 인공적으로 제작된 문 앞에 도착했다. 공원 직원이 문을 열어주니 딱 우리

50DAYS.ME.ALONE
INTO THE NATURE

정도만 서 있을 수 있는 아담한 공간이 있었다. 직원의 설명에 따르면, 바람이 너무 강하기 때문에 사람들의 안전을 위해 동굴로 본격 진입하기 전 이중의 문을 만들었다고 한다. 공간의 반대편에는 두 번째 문이 기다리고 있었다.

직원이 두 번째 문을 열자 서늘한 동굴의 공기가 빠르게 온몸을 휘감았다. 드디어 동굴 안이었다. 동굴의 통로는 매우 비좁았다. 또 의외로 어둡고 길이 미끄러웠다. 직원은 동굴의 보존을 위해 벽과 천장에 손을 대지 말라는 경고를 했지만 좁고 낮은 동굴 안에서 어쩔 수 없이 벽에 닿게 되는 일이 비일비재했다.

1시간 반 정도의 동굴 투어를 돌면서 특별한 볼거리나 칼즈배드 동굴에서 느꼈던 놀라움은 없었다. 오히려 투어를 종료하고 밖으로 나올 때 느껴지는 따스하면서도 개운한 공기가 기뻤다. 개인적으로 윈드 케이브 국립공원은 동굴보다 동굴 밖에 펼쳐진 넓은 들판이 더 마음에 드는 장소였다.

이곳에선 특별한 무언가를 보는 게 아니라 여유와 힐링을 찾고 싶었다. 안내소 옆에 마련된 벤치에 누워 낮잠을 자기로 했다. 어둡고 텁텁한 동굴 안에 있어서였는지 따뜻하게 닿는 햇살에 몸이 나른해진 것이다. 그렇게 오후 5시가 넘도록 푹 잠을 잔 나는 다시 차에 올라타 다음 장소로 향했다.

Day 39

나는 왜 혼자지?
혼자이고 싶어서, 혹은… 혼자일 수밖에 없어서.
홀로 풀을 뜯는 염소에게 던졌던 질문을
나에게 물어보게 돼.

"충분히 멀리 여행한 곳에서,
당신이 만나게 되는 것은 당신 자신이다."

– 데이비드 미첼*

어느덧 여행 막바지다. 지금까지 달린 길이 1만 6000킬로미터가 넘는다. 오늘 찾아간 자연은 사우스다코타 주에 위치한 배드랜드 국립공원(Badlands National Park)이다.

'배드랜드', 황무지란 뜻이다. 1만여 년 전 이곳에서 살던 인디언들은 이곳을 '마키 시카(Maki Sica)'라 불렀다고 한다. 마키 시카는 인디언 언어로 나쁜 땅을 뜻한다. 따갑게 내리쬐는 정오의 햇빛을 맞으며 배드랜드 안으로 걸음을 내딛었다.

거친 땅, 배드랜드

배드랜드의 자연은 날카로웠다. 황량한 아름다움 속에 강렬한 독기를 품은 모습이었다. 거칠고 뾰족한 언덕과 산들은 마치 다른 행성에 와 있는 느낌을 받게 한다. 원래 배드랜드는 6500만 년 전에는 호수였다고 한다. 시간이 흐르면서 물은 말라버리고 모래와 흙, 동물들의 시체와 썩은 나무들이 쌓이면서 지금의 거친 풍광이 만들어졌다. 배드랜드를 가르는 내내 태양은 강렬했고 땅은 대부분 메말라 있었으며 허허로운 벌판과 거친 언덕들이 줄지어 스쳐갔다. 드라이브하기에는 딱 좋은 장소였다. 차로 배드랜드의 언덕을 오르내리고, 언덕 사이를 지났

*《클라우드 아틀라스》, 문학동네, 2010.

다가, 절벽 위를 달리기도 했다. 영화 〈터미네이터〉에서 아널드 슈워제네거가 몰았던 것 같은 폼 나는 바이크를 모는 바이커들도 쉽게 목격할 수 있었다.

혼자인 이유

배드랜드의 높은 언덕을 달리던 중 한 마리의 염소를 만났다. 홀로 풀을 뜯어먹으며 절벽 끝에 서있는 염소의 모습은 인상적이었다.

"넌 왜 혼자 있니?"

길옆에 차를 세운 뒤 염소를 한참 동안 바라보다 이런 질문이 툭 하고 튀어나왔다.

혼자인 이유는 두 가지다. 혼자이고 싶어서, 혹은 혼자일 수밖에 없어서. 염소에게 던졌던 질문을 나에게 물었다. 나는 왜 혼자지? '혼자이고 싶어서 혼자다'라고 말하고 싶지만, 진심으로 생각해보면 혼자이고 싶어서 혼자를 택하는 사람들은 나를 비롯해서 없는 것 같다. 일단 스스로 태어나는 사람은 없고, 철저히 혼자 자라나는 사람 또한 없다. 어쩌면 혼자인 이들 모두 그럴 수밖에 없어서 혼자가 된 게 맞는 것이다.

여행의 끝자락에 가까워지면서 드는 생각은, 지금 내가 보는 아름다운 풍경을 누군가와 함께하고 싶다는 것이었다. 하지만 이전엔 그럴 용기가 안 났다. 신뢰할 만한 사람이 없어서가 아니라 나를 신뢰해줄 사람이 없어서란 걸, 무의식적으로 알았다. 다만 그것을 인정하기에는 내 자존심이 허락하지 않았다.

그런데 여행을 하는 동안 생각지도 않게 많은 지인들의 응원

을 받았다. 어떤 보상을 바라지 않고 나에게 선의를 베푸는 사람들도 만났다. 오히려 내가 벽을 치고 살아온 게 아닌지 스스로 반성하게 되었다. 상처받는 게 두려워서, 혼자 있으면 더 이상 상처를 받지 않을 수 있으니까…. 아픔을 꽁꽁 가둬놓고 저절로 치유되길 바랐지만 그런 일은 일어나지 않았다. 단지 아픔에 무뎌져갔을 뿐.

이젠 알 것 같다. 상처를 치유할 수 있는 사람은 내가 아닌 다른 누군가라는 것이다. 내 상처를 열어 보여줄 용기를 가지는 것이 내가 할 수 있는 전부다. 물론 아무에게나 보여줘선 안 된다. 내가 신뢰할 수 있는 사람, 나를 신뢰하는 사람이 분명 있을 것이다. 그런 사람이라면 분명 내 아픔을 이해하고 치유해줄 수 있는 사람일 것이다.

해질 무렵까지 배드랜드의 땅 위를 달리며, 바람을 맞으며, 다음에 이곳을 찾을 때는 혼자가 아닌 다른 누군가와 함께하길 바랐다. 그리고 그 누군가가 내 인생의 동반자이기를. 진심어린 바람을 길 위에 남겨두고 떠나간다. 나는 꼭 다시 돌아올 것이다. 이곳 배드랜드에….

Day 40

내가 불을 만들었다고,
방방 뛰며 희열하던 영화 속 주인공이 생각나.
능숙하게 모닥불을 지피는 지금 내 모습이
그와 흡사하지 않을까.

"벌써 마지막 장소네."

"오늘 하늘은 참 파랗다."

"아, 배고프다."

"오늘은 어떤 자연을 만나려나?"

혼자 여행한 지 40일째, 내 입에서는 심심하면 툭툭 혼잣말이 나온다.

마지막 자연, 시어도어 루스벨트 국립공원

이번 여행의 마지막 자연을 만나는 날, 내가 찾은 곳은 시어도어 루스벨트 국립공원(Theodore Roosevelt National Park)이다. 시어도어 루스벨트 국립공원은 미국 노스다코타 주에 위치해 있으며, 미국 26대 대통령인 시어도어 루스벨트 대통령의 이름을 따왔다. 이 공원은 특이하게도 남쪽 공원, 그리고 약 2시간 거리 떨어진 북쪽 공원으로 분리되어 있다.

오늘은 남쪽을 탐방하고 캠핑장에서 하룻밤 묵은 뒤 내일 북쪽을 찾아갈 계획이다. 남쪽 공원으로 입장하기 전, 입구에서 서부 영화에 나올 것 같은 마을을 볼 수 있었다. 비수기라 사람들은 거의 없었지만 거리의 상점들은 대부분 관광객을 위한 선물

숍이나 음식점이었다.

마을을 지나 시어도어 루스벨트 국립공원 안내소가 나타났다. 문을 열고 아무도 없는 안내 데스크 앞에 다가가니 40대 중반으로 보이는 직원이 나와서 살갑게 맞아주었다. 공원 시설과 이용 방법에 대해 이것저것 성실히 알려주던 그녀는 내게 어느 나라에서 왔는지 물었다. 내가 대한민국에서 왔다고 하자 방긋 웃으며 말한다.

"안녕하세요! 반갑습니다."

영어가 아닌 한국어로 말이다.

그녀의 이름은 카를라. 90년대 후반에 대한민국에서 몇 년 간 살았다고 했다. 한국에 있을 때 너무나 좋은 추억들이 많다며 한국 음식이 그립다고 말하는 그녀는 정감이 가는 사람이었다. 원래 직업은 선생님이었지만 몇 년 전 퇴직을 하고 미국 국립공원의 파크 레인저 일을 시작했다고 한다. 이유는 단순했다. 자연이 좋아 자연을 지키는 사람으로 살아가고 싶어서라고 했다.

카를라의 설명에 따르면 루스벨트 대통령은 생전에 자연보호에 힘쓰며 많은 국립공원을 건립했다고 한다. 현존하는 국립공원들이 지금까지 보존되고 있는 것에는 그의 영향이 크다고 한다. 특히 이곳은 청년 시절 루스벨트 대통령이 반한 곳으로, 이후 국립공원으로 지정 받으며 많은 동식물의 안전한 생활 터전이 되었다.

카를라와 작별인사를 하고 윈드 캐니언 트레일(Wind Canyon Trail)로 가는 길에 깜찍한 공원 주민을 만났다. 넓은 들판 위에 수백 마리의 프레리도그(개쥐)가 뛰어놀고 있었다. 설치류에 속하는 프레리도그는 다람쥐와 유사한 생김이지만 꼬리가 짧고 손발도 짧은 녀석이다. 땅을 파고 그 안에서 생활하는 녀석들은

멀리서는 두더지처럼 보이기도 한다.

　프레리도그의 모습은 귀여웠다. 내가 느리게 달리면 수백 마리의 프레리도그의 시선이 같이 돌아가고, 달리다 살짝 멈추면 다들 구멍으로 숨어버린다. 또 조금 있으면 구멍에서 살짝 고개를 빼고 나를 관찰한다. 나 또한 녀석들을 마냥 귀여워하며 쳐다봤다.

　시어도어 루스벨트 남쪽 공원은 드라이브하기 아주 좋았다. 라운드 코스가 구비되어 강과 언덕, 들판의 모습을 모두 즐길 수 있다. 윈드 캐니언 트레일 언덕길을 오르면 아찔한 절벽이 기다리고 있고, 절벽 아래로는 리틀 미주리 강(Little Missouri River)이 흐른다.

절벽 끝에 걸터앉아 강 너머의 멋진 풍경을 감상했다. 이제 자연 안에서 보낼 시간이 얼마 남지 않았다고 생각하니 벌써 아쉬움이 들기 시작한다. '아직은 끝난 게 아니야.' 다시 일어나 바지의 흙먼지를 털었다.

다시 만난 야생마

다그닥, 다그닥. 차 안에 틀어놓은 음악 볼륨을 줄이고 소리가 들려오는 방향으로 시선을 돌리자, 넓은 들판을 내달리는 야생마 무리가 보였다. 빅혼 캐니언에서 만난 야생마들은 멀리서 지켜봤지만, 오늘은 표정을 읽을 수 있을 만큼 말들이 가까운 거리에 있었다. 여유롭게 뛰놀다가 풀을 뜯어먹고 묵직한 다리로 땅을 밟는 모습에 감탄사가 절로 나왔다. 찰랑이는 긴 꼬리털과 갈기는 누군가의 손이 닿지 않아 덥수룩했지만, 그래서 더욱 바람을 가르는 야생마의 폼이 살아 있었다.

언덕을 넘어갈 때쯤 뒤돌아 사진을 찰칵 찍었다. 이젠 살아 있는 생명체와의 만남에서 사진은 언제나 늘 뒷전이다. 그 생명체와 교감을 가지고 나서 자투리 시간에 카메라를 집어 든다. 설령 각이 안 나와 뒷모습이나 어정쩡한 사진이 나올지라도 말이다.

시어도어 루스벨트의 자연을 만끽하다 보니 오후 7시였다. 캠핑장은 텅 비었다. 이 드넓은 캠핑장을 나 혼자 사용하는 느낌은 꽤 인상적이다. 늦은 밤 큰소리를 내어도 상관없었고, 춤을 추고 노래를 불러도 상관없었다. 노래를 흥얼거리며 주변의 마른 나뭇가지들을 모아 불을 지폈다. 이젠 모닥불을 지피는

것에 도가 터서 5분도 안 돼 불이 활활 타오르기 시작한다. 영
화 〈캐스트 어웨이〉의 주인공이 무인도에서 처음 불을 지피는
데 성공한 뒤, 자신이 불을 만들었다고 방방 뛰며 희열하던 모
습이 떠올랐다. 그것도 이해가 되는 게, 불을 지피고 불을 다스
릴 수 있다는 건 마치 신의 기술을 내가 잠깐 빌린 느낌이다.

　밤이 깊어지면서 추위가 몰려왔지만 지펴놓은 모닥불의 열
기 덕분에 또 하루의 밤을 훈훈하게 맞이할 수 있었다.

Day 41

마지막 국립공원을 떠난다는 게
자연과의 마지막을 뜻하는 건 아니야.

"어디를 가든지,
그곳은 어떻게든 당신의 일부로 남는다."

– 아니타 데사이

자연을 떠나는 순간

자연 속에서의 마지막 날이 밝아왔다. 공원을 빠져나오면서 프레리도그들에게 비상식량으로 가지고 있던 땅콩 몇 개를 던졌다. 그러자 한 녀석이 고개를 빼꼼 내밀더니 조심스럽게 다가오는 것이었다. 땅콩을 주워 입안에 넣을 때마다 양 볼이 두툼해지는 녀석의 모습에 웃음이 나온다.

1시간 반 정도 달려 북쪽 공원에 도착했을 때 입장료를 받는 사람들은 보이지 않았다. 하지만 패스카드를 자동차 앞 유리에 보이게 놔두면 공원 내부에서 자유롭게 돌아다닐 수 있다.

텅 빈 북쪽 공원 안을 달리며 특별하게 느껴지는 모습은 없었다. 내 눈이 높아졌기 때문이기도 했다. 하지만 자연은 언제나 옳다.

지금 이곳이 마지막 국립공원이라는 사실에, 오히려 바깥을 감상하기보다 지난날 지나온 많은 국립공원들을 회상하게 되었다. 뜨거운 사막, 거대한 동굴, 황금빛 아침, 야생과의 만남, 우거진 산림, 투명한 호수…. 자연을 떠난다는 게 자연과의 마지막을 뜻하는 건 아니다. 다시 세상 속으로 돌아가지만 내 안에 늘 자연이 있을 것이고 자연을 기다릴 것이기에.

"이제 정말 떠날 시간이다."

245

Day 42

어쩌면 도망치고 싶었던 건 세상과 일상이 아닌
나 자신이었기에.

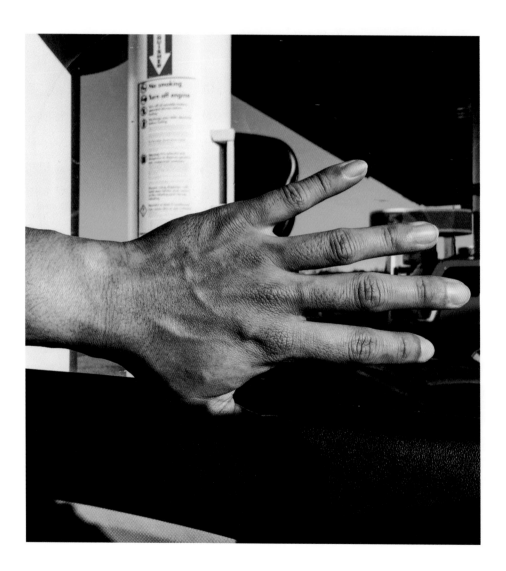

되돌아가는 길의 계획

일단 오늘은 푹 쉬어야겠다. 노스다코타 주와 미네소타 주 경계에 위치한 파고(Fargo)라는 마을에 멈춰 하루를 보낸다.

잠시 멀어져 있던 세상 속으로 돌아갈 생각을 하니 처음 자연을 향해올 때 느꼈던 두근거림이 다시 샘솟는다. 한 달 넘게 동고동락한 딱딱하고 좁은 슬리핑 패드와, 약간의 쉰내가 나기 시작한 침낭이 아닌, 넓고 푹신한 침대가 일상이 된다는 게 잘 상상이 안 된다. 참 신기하다. 내게 너무 익숙하던 것들이 싫어서 도망치듯 떠나왔는데 이젠 그 익숙하던 것들을 떠올리며 그리워하고 미소가 지어진다니.

Day 43)

야생 동물들이 나를 보면,
인간 사회라는 철창 안에 갇힌 존재이지 않았을까?

> "진정한 항해는 새로운 풍경을 찾는 게 아닌
> 새로운 눈을 갖게 되는 것이다."
>
> – 마르셀 푸르스트

깔끔하게 면도를 하고 덥수룩했던 머리도 정돈했다. 내일 지인을 만나러 시카고에 들어가기 전 미네소타에 위치한 동물원을 들러 구경할 생각이다. 고속도로 휴게소에서 우연히 팸플릿을 집어 들었는데, 완전히 시선을 사로잡는 디자인에 반해 충동적으로 방문 계획을 잡은 것이다.

미네소타 동물원

미네소타 동물원은 500여 종의 동물들을 보유하고 있고 매년 130만 명의 방문객이 찾는다고 한다. 오전 10시쯤 동물원에 도착했을 때에도 많은 인원이 줄을 서서 대기 중이었다. 절반은 열 살 미만의 아이들, 아이 어머니들, 그리고 할아버지, 할머니…. 20대, 그것도 혼자 방문한 이는 나뿐이었다. 꼬마들이 나를 신기한 눈으로 쳐다보는 것이나 그걸 조용히 다그치는 부모의 모습이 다 느껴졌다. 이럴 때 필요한 건! 멍을 때리는 것, 그리고 '괜찮다… 이 또한 지나가리라'의 마음.

그렇게 20분을 기다린 뒤 처음 향한 곳은 동물원 내부에 있는 작은 수족관이었다. 아이들은 헤엄치는 열대 물고기를 보며 까르르 거리고 나는 사진기 셔터를 쉴 새 없이 움직인다.

한 장소에 다양한 동물들을 모아두었으니 야생에서는 절대 담을 수 없는 가까운 각도로 촬영을 할 수 있다.

그때까지만 해도 좋았다.

물고기 표정을 읽을 수 없었으니까.

동물원의 다른 말

점점 발걸음이 무겁고 숨이 막혀왔다. 수족관을 나와 파충류 전시관을 건너 원숭이를 만났고 독수리도 만났고 곰도 만났다. 그런데 동물들의 표정 속에서 행복보다는 슬픔이, 생동감보다는 분노가 느껴졌다. 메사 버드 국립공원에서 만난 야생 코요테와 동물원 안에 살고 있는 늑대의 모습은 너무나 달랐다. 야생에서 만난 늑대의 표정과 몸짓에는 강인함과 용맹함이 느껴졌다. 하지만 지금 내가 보고 있는 늑대에게서는 슬픔과 나약함이 느껴진다.

그때 깨달았다. 동물원은 어쩌면 동물들의 감옥이라는 걸. 사람들의 광대가 되어버린 동물들에게 미안한 감정이 들기 시작했다. 내가 만약 자연을 경험하지 않고 그저 이곳을 방문했다면 지금 이 감정을 쉽게 깨닫지 못했을 것이다. 다른 방문객처럼 마냥 신기해하며 웃고 떠들었겠지. 이 얼마나 슬픈 일인가.

무거워진 마음으로 동물원을 빠져나왔다. 그리고 한참을 가만히 동물원 입구를 쳐다보았다.

어쩌면 내가 만난 야생 동물들도 인간 사회에 살아가는 우리에게 같은 안쓰러움을 느끼지 않을까? 나를 보면서 슬퍼하지 않았을까? 그런 생각이 문득 들었다.

Day 44

초등학생처럼 깔깔거리며 마냥 거리를 거니는
우리의 지금 이 시간은 낭비가 아니야.
행복이야.

"기억하라.
가장 소중한 골동품은 내가 사랑하는 오랜 친구임을."
– 잭슨 브라운 주니어

'이곳이 시카고구나.'

수많은 차들이 같이 길을 달리고 있다. 시카고에 들어서면서 톨게이트 비를 내는 곳이 허다하다. 트래픽이 심해 이미 약속 시간에 한참 늦었다. 대도시 중의 대도시에 와 있음을 실감한다.

시카고 남자

"이야~ 어서 와!"

싱글벙글한 얼굴로 바울은 나를 반갑게 맞이해주었다. 늘 그 랬다. 항상 얼굴에 미소가 있는 친구다. 내가 살던 곳 근처로 첫 직장 생활을 하러 왔다가 친구가 된 멋있는 사람. 이제는 일주 일에 5일은 출장을 다닐 정도로 바쁘고, 시카고 고층 아파트에 룸메이트와 살고 있다고 한다.

그가 나를 데려간 곳은 순대국밥 집이었다. 전날 미네소타 동 물원을 나와 한국 음식점을 찾아 식사를 했지만 맛은 영 꽝이 었다. "이 집 순대국밥 엄청 맛있어!"라는 말로 바울이 나를 안 심시킨다.

보기에도 음식점은 맛집으로 보였다. 구수한 순대 냄새, 국 밥 냄새가 풀풀 났고 반찬 또한 윤기가 좔좔 흘렀다. 반찬에

젓가락이 계속 갈 때쯤 뜨끈뜨끈한 국밥이 김을 모락모락 내며 우리가 앉은 테이블 위에 올라왔다.

공깃밥을 국밥에 넣고 수저로 한 스푼 듬뿍 떠 입으로 후후 열을 식히고 김치를 올려 침이 가득 고인 입으로 집어넣는 순간! 느꼈다. 나는 한국인이라는 것을⋯ 이 맛이다. 한국인의 맛. 여행 내내 그리웠던 맛. 입천장이 데일 정도로 뜨거운 맛. 구수하면서도 진한 고기 국물의 맛. 환상적이었다.

출장으로 정신없었던 바울 또한 한식이 오랜만이란다. 그릇

밑바닥까지 깨끗이 훑고 나서야 식사는 종료되었다. 마치 어린 시절 친구와 같이 오락 게임을 하며 무시무시한 보스전을 끝내고 난 기분이랄까? 개운했고 든든했고 함께라면 뭐든 가능할 것 같았던 그런 느낌…. 순대 국밥을 먹는 우리의 얼굴 속에는 그리운 고향의 맛에 반한 두 촌놈의 해맑은 미소가 있었다.

친구

이제 막 겨울에서 봄 날씨로 변해서인지 시카고 밤거리에는 나들이 나온 사람들이 많았다. 강가에 자리를 잡고 남자 둘이 서로 사진을 담아준다. 내 직업이 사진작가라는 게 이럴 때 빛을 발한다. 바울에게 걸어봐라, 웃어봐라, 허리를 펴라, 고개를 살짝 내려라, 하며 구도를 잡아준다. 사진을 많이 찍혀본 적 없는 그의 모습은 매 순간이 어정쩡하다. 찍은 사진을 보며 어린애처럼 같이 키득거린다.

친구이니까. 시간이 가고 나이가 들어도, 시대가 변하고 사회적 입지가 달라져도, 20대 초반 어리숙할 때 같이한 친구니까. 초등학생처럼 깔깔거리며 마냥 거리를 거니는 우리의 지금 이 시간은 낭비가 아니다. 훗날 우리가 다시 만났을 때 꺼내 웃을 수 있는 행복이 된다. 그 행복이 나의 삶이다.

"정말이야. 난 네가 친구라서 좋다."

관심이 간다. 끌린다.
생각지도 않았던 시카고의 골목에 내 가슴이 반응해.
다음 여행이 이미 시작되고 있어.

"어디로 가는지 알지 못한다는 사실이야말로
나를 떠나게 만드는 힘이다."

– 로살리아 데 카스트로

자연에서 건축으로

바울은 오늘 시카고 구경을 시켜준다고 했다. 솔직히 시카고 명소 구경은 별로 감흥이 없었다. "내가 너 사진이나 찍어줄게!" 하고 나갔다.

그런데 한 골목 한 골목을 지날 때마다 시선이 자꾸 시카고 건물들에로 돌아갔다. 중심가에는 사람들이 바글바글 했지만 조금만 골목으로 들어가면 완전히 다른 풍경을 만날 수 있었다. 많은 관광객들이 지나가는 도로 옆, 아무도 신경 쓰지 않는 골목 사이. 그 틈에 숨겨진 시카고의 진짜 모습에 내 심장이 두근거리고 있었다.

그때였다. 나의 다음 여행 주제가 생각난 건. 바로 건축물!

시카고엔 100년도 더 되어 보이는 건물들이 도심 구석구석에 굳건히 자리 잡고 있다. 벽의 색, 문양 디자인 등이 전부 이색적이다. 대부분의 관광객은 모르고 지나칠 게 분명했다. 너무나 화려하고 명소가 많은 장소였기에 이 도시에 살아가는 사람들조차 내가 바라본 건축물들의 매력을 알아차리는 이는 보이지 않았다.

관심이 간다. 끌린다. 새로운 여행의 테마가 확고해진다.

Day 46

어쩌면 아주 심심하고 지루한 이 자리가
으리으리한 도시의 삶 속에 작은 숨구멍이 될 거야.

틀리지 않은, 다른 사람들

일요일이었다. 시카고를 떠나기 전 바울이 다니는 교회에 같이 가보기로 했다. 대략 150~200명 사이의 한인 청년들이 매주 이곳에 모여서 예배를 드린다고 한다.

미국에서 기독교는 미국 한인 사회에 가장 큰 커뮤니티이다. 이건 부정하려 해도 부정할 수 없는 사실이다. 그렇기에 한국에서 처음 유학 오는 학생들이나 이민 오는 사람들에게 교회는 필요한 정보를 얻고 도움을 받을 수 있는 최적의 장소다.

바울을 따라 작은 소그룹에서 사람 사는 이야기를 듣는 시간을 가졌다. 누군가는 학생이었고 누군가는 회사원이었고 누군가는 전문직이었다. 이제 막 20대 초반에 들어서는 사람, 혈기 왕성한 청년, 삶의 무게감이 느껴지는 사람도 있었다. 삶의 방식도, 살아온 과거도, 취향도, 성향도, 추구하는 방향도 다 다른 이들이 둥글게 앉아 서로 소통하고 서로를 이해하려고 한다. 경쟁도 평가도 없이, 단지 이야기하고 들어주고 고개를 끄덕여주는… 어쩌면 아주 심심하고 지루한 자리. 으리으리하고 거대한 시카고 도시 속에, 이 짧은 시간이 숨 막히는 그들의 삶에 작은 숨구멍을 틔워주는 것처럼 느꼈다.

Day 47

진심으로 놀라고 기뻐하며
너희에게 축하를 해줄 수 있다는 것,
그게 너무 감사해.

이제 여행은 끝났다. 집으로 돌아가는 길이다. 하지만 가는 길에 만날 소중한 지인들이 아직 남아 있다. 2년 전 볼티모어로 이사 가 연락이 끊겼던 문기, 채은 남매다.

우리는 성장해 있다

볼티모어에 도착해 채은을 만날 수 있었다. 오빠인 문기는 중요한 시험 때문에 아쉽게도 만날 수 없게 됐다고 한다. 문기가 공부하는 분야는 법이다. 놀라운 건 그가 졸업생 중 상위 1퍼센트의 성적으로 졸업을 앞두고 있으며, 이미 많은 로펌에서 스카우트 제의를 받고 있는 미래의 법조인이 됐단 소식이다. 미국에 유학 와 미국 법대, 그리고 미국 법 계열 사회에서 촉망을 받는다는 건 아무나 쉽게 해낼 수 있는 자리가 아니기에 그 소식을 듣고 너무나 기뻤다. 그리고 채은의 소식을 듣고 또 한 번 놀랐다. 학과를 고민하던 그녀 역시 존스홉킨스 명문대에 입학해 법조인을 꿈꾸고 있었다.

몰랐다. 이 두 사람이 이렇게 성장해 있을 줄은. 남매가 얼마나 노력하고 열심히 살아왔는지 알기에 그 결실이 맺어진 것을 알고 감동을 느꼈다. 2년이 넘도록 연락을 하지 못한 것이

미안했지만, 그래도 어쩌면 소식을 몰랐던 게 다행인지도 모른다. 나도 인간인지라, 미리 알았다면 마음속에 작게나마 벽이 생겼을지도 모른다. 하지만 지금, 진심으로 기쁨의 축하를 해줄 수 있었다.

중요한 숙제가 있음에도 나를 신경 써 디저트까지 먹으러 가자는 아이에게 내가 말했다.

"채은아. 네가 노력해서 여기까지 왔잖아. 지금은 나를 만나는 것보다 너의 꿈을 향해 한 발자국이라도 더 다가가는 게 중요해. 우리가 2년 만에 만나 짧은 식사만 했지만 이게 끝은 아닐 거야! 난 괜찮으니까. 지금 네 삶에 중요한 학업에 우선순위를 둬!"

채은은 내 말을 듣고 잠시 생각한 후 미소를 띠며 고개를 끄덕였다. 그리고 나도 미소를 지었다. 짜식 다 컸구나!

채은과 이별 후, 운전 중 문기한테 문자가 왔다. 못 나가 미안하다는 아이한테 무조건 축하한다 말했다. 기대된다. 언젠가 다시 만날 날 또 다른 모습으로 성장한 우리의 모습이.

Day 48

아끼는 사람의 우산이 되어주는 거야.
폭풍이 지나갈 때까지만.
언젠간 해가 뜨고 멋진 무지개도 뜰 거니까.

"내가 깨달은 게 있다면, 무지개를 보고 싶다면
비를 견뎌야 한다는 것이다."

– 돌리 파튼

누군가에게 우산이 되어준다는 것

"어서 와! 잘 지냈어? 이야~ 너무 오랜만이네!"

몇 년 만에 그를 다시 만났다. 털털한 성격으로 늘 행복을 전
파하고 사람들을 기분 좋게 만드는 재주를 지닌 형, 진민이었
다. 볼티모어 근처에 사는 그의 집 현관에 들어섰다. 반갑게 웃
는 얼굴로 나를 반겨주는 형이었지만 전보다 많이 지쳐 있는
모습이다. 그 이유를 나는 이미 알고 있었다.

그의 집은 2층으로 된 타운하우스 형태다. 혼자 살기에는 너
무나 큰 집, 아내와 꿈이 있던 집이었지만 지금 그는 이 넓은
집에 혼자 지내고 있다. 도착하자마자 서로의 안부를 묻고 몇
시간이나 회포를 풀었다. 하지만 형의 이별에 대한 이야기는
하지 못했… 아니 할 수가 없었다. 형에게 작게라도 짐이 되
는 질문을 절대 할 수 없었다.

형의 친구들이 와 고기를 굽고 술 한 잔씩 건네 마시며 남자
들만의 수다를 떤다. 내일이면 생각도 안 날, 참 쓸데없는 이야
기들이다. 노래방을 간다. 밤이 깊도록 목이 쉬어라 노래를 부
른다. 오늘 밤 즐겁게만 살려고 했다. 보통의 나였다면 절대 하
지 않았을 행동을 하고 있었다. 마땅히 웃어야만 했다. 즐거워
야만 했다.

지금도 매 순간 힘들 텐데, 우리 앞에서는 선의를 베풀고 미
소를 지으려 하는 사람이니까. 이 폭풍이 지나갈 때까지만 우
리가 우산이 되어주는 거다. 언젠간 지나갈 거니까. 해가 뜨고
멋진 무지개도 뜰 거니까. 그때까지만 장화가 되는 거다. 그게
서로 아끼는 사람들끼리 해줄 수 있는 역할이다. 눈빛으로만
말했다.

'괜찮아요, 형. 아무 걱정 말아요, 형.'

Day 49

내가 특별해서가 아니라 부족하기에
오히려 주변 사람들의 매력을 듬뿍 느낄 수 있어.

"당신의 인생에서 가장 중요한 여행은
여행 중에 사람을 만나는 여행이다."

– 앙리 보위에

매력적인 사람

메릴랜드에서 3시간 남짓 달리면 버지니아 주가 나온다. 오늘 저녁을 같이 먹기로 한 사람은 버지니아 주의 리치먼드에서 미대에 재학 중인 동생 지연이다.

학교 캠퍼스에 들어서자 젊고 활력 있는 대학생들이 가득했다. 지연과 만나 식사 전에 잠깐 학교 주변을 걷기로 했다. 나는 능청스럽게 카메라를 꺼내 들었다.

"지연아! 내가 사진 찍어줘도 되겠니?"

어색하고 부끄럽다는 표정으로 손사래를 치는 그녀였지만, 사진을 찍기 시작하니 멋들어진 모델이 되어주었다. 생각해보니 내 주변에 매력적인 인물이 많다. 그걸 나는 잊고 살아왔다.

무관심했던 게 아닐까 생각한다. 나 살기가 벅차 다른 사람의 모습을 제대로 보려고 하지 않았다. 오히려 속으로 시샘하고 질투하고 있진 않았을까? 감추고 싶은 나의 연약한 부분이 들킬까 차갑고 까칠하게 대하지 않았을까?

여행을 통해, 지식이 많아진다기보다 그저 내가 얼마나 작고 나약한 존재였는지를 알게 되었다. 내게 소중한 사람들이 참 많다는 것을 깨닫게 된다. 혼자 여행을 다닌 끝에 이제야 그걸 알게 됐다.

Day 50

차문을 열고 발을 내딛어.
여행은 끝났어.
그리고…

> "세상의 반대편에서 달이 빛나는 것을 본 사람은
> 그전의 자신과 결코 같을 수 없다."
>
> — 매리 앤 허시

여행의 끝이 몇 시간 남지 않았다. 오늘 아침도 여느 날과 같이 차 뒷자리에서 시작된다. 장소는 고속도로 주유소. 일반 주유소가 아닌, 장거리 운전을 하는 트럭 여행자들을 위한 맞춤 주유소다. 음식도 팔고, 자동차 용품도 팔고, 생활용품도 팔고 없는 거 빼고 다 있다. 또 7~12달러(8000~1만 4000원) 정도를 내면 사용할 수 있는 개별 샤워 시설도 마련되어 있다. 여행 중 반쯤 이런 주유소의 존재를 우연히 알게 되어 기회가 될 때마다 이용하고 있다.

마지막 날의 마지막 할 일

일단 샤워를 해야 했다. 어제도 씻지 못했다는 건 더 이상 큰일도 아니었지만 마지막 날이니까 청결하고 단정하게 끝을 내고 싶었다. 샤워를 하고 말끔히 면도도 했다. 그동안 입던 기능성 바지와 면 티셔츠가 아닌 청바지와 새하얀 셔츠를 여행 중 처음으로 꺼내 입는다.

셔츠의 단추를 하나하나씩 끼우면서, 거울에 비치는 모습이 낯설다는 생각을 한다. 얼굴과 팔이 시커멓게 타 하얀 셔츠가 유독 빛나 보인다. 덥수룩하게 자란 머리카락도 깔끔하게 정리

해본다. 모든 준비가 끝나고 샤워장 밖으로 나왔다.

기분이 이상하다.

마치 새로운 사람이 된 것 같다. 여행을 처음 시작했을 때 느꼈던 기분과 닮았지만 많이 다르다. 두근거리고 떨리고 신나고 기대되는 기분이 아니다. 평온했고 맑았으며 여유 있고 자신감이 샘솟는다. 내가 떠나온 자리로 이제 돌아간다.

나에게 여행이란

처음 여행을 준비할 때 남들이 하는 것과 다른 여행을 하고 싶었다. 그리고 결과적으로 난 위대하고 대단한, 가치 있는 여행을 했다. 하지만 내가 한 여행만 그런 게 아니란 사실도 알았다. 세상에 위대하지 않은 여행은 없다. 여행 순간이 길든 짧든, 세계 여행을 하든 동네 여행을 하든, 모든 여행은 위대하고 의미 있다. 도전이기 때문이다.

어릴 적 문방구 앞 동전 뽑기가 떠오른다. 뽑기 통 안에는 수많은 캡슐이 있고 그 안에 무엇이 들어 있는지는 알 수가 없다. 하지만 나는 기꺼이 동전을 넣고 뽑기 손잡이를 돌린다. 그리고 작은 캡슐 하나가 굴러 내려온다.

내가 원하던 장난감이 나올지, 별로인 장난감이 나올지, 아니면 더 멋진 장난감이 나올지 확신할 수는 없지만 분명한 건 무언가 나온다는 것이다. 그게 여행이다. 그게 도전이다.

아무것도 없는 여행은 없다. 분명 무언가 기다리고 있다. 그 무언가가 원하던 것보다 더 멋지고 가치 있는 놀라운 것일 수도 있다.

그것만으로 충분히 도전할 가치가 있지 않은가? 아무것도 없을 수는 없는 게 여행이니까!

끝과 시작

늦은 저녁, 드디어 내가 살던 도시로 들어오게 되었다. 달라진 점은 없지만 모든 게 달라 보인다. 창문을 열고 도시의 공기를 들이킨다.

50일이었지만 몇 년 넘게 떠나 있다 돌아온 느낌이다. 그리움, 외로움, 설렘이 모두 느껴진다. 집 앞에 도착했다. 차가 멈추고 시동은 꺼졌다.

"끝? 끝인가?"

끝이 느껴지지 않는다. 마치 새로운 여행이 시작되는 기분이다. 분명 오늘 아침만 해도 오늘이 여행의 마지막이라고 생각했는데. 차에서 한 발자국만 내딛으면 끝이라 생각했는데. 오히려 새로운 시작의 순간을 맞이하게 될 것 같다. 하지만 두려움이 느껴지지 않는다. 준비가 된 느낌이다. 여행을 했지만 50일의 준비를 하고 돌아온 기분이랄까?

아. 이게 여행이구나.
이게 인생이구나!
차문을 열고 발을 내딛는다.
여행은 끝났다.

THE END, THE START.

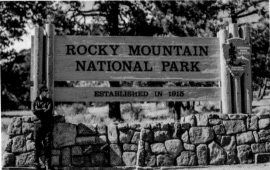

청춘
일탈

사실은, 출근하지 말고 떠났어야 했다

초판 1쇄 인쇄일 2017년 03월 03일
초판 1쇄 발행일 2017년 03월 10일

글/사진	남규현 Kyo H Nam		
일러스트	장태영		
발행인	이승용		
주간	이미숙		
편집기획부	김상진 송혜선	**디자인팀**	황아영 송혜주
마케팅부	송영우 박치은	**경영지원팀**	이지현 김지희

발행처	|주|홍익출판사
출판등록번호	제1-568호
출판등록	1987년 12월 1일
주소	[04043]서울 마포구 양화로 78-20(서교동 395-163)
대표전화	02-323-0421 **팩스** 02-337-0569
메일	editor@hongikbooks.com
홈페이지	www.hongikbooks.com

ISBN 978-89-7065-562-8 (03810)

이 도서의 국립중앙도서관 출판시도서목록(CIP)은
e-CIP 홈페이지(www.nl.go.kr/ecip)에서 이용하실 수 있습니다.
(CIP제어번호: CIP2017005030)